LE LIBRAIRE

Régis de Sá Moreira est né en 1973. Il a publié plusieurs romans, dont *Pas de temps à perdre*, lauréat du prix Le Livre élu en 2002. Il vit actuellement au Brésil.

Paru au Livre de Poche :

MARI ET FEMME

RÉGIS DE SÁ MOREIRA

Le Libraire

AU DIABLE VAUVERT

© Éditions Au diable vauvert, 2004.

ISBN : 978-2-253-11371-3 – 1re publication – LGF

Pour Carlos et Amélina.

Prologue

« Si seulement on sombrait… » soupirait la jeune femme, ses cheveux courts au vent, appuyée à la rambarde du paquebot.

Le jour se levait.

Elle le regardait faire et elle regrettait d'avoir embarqué seule sur cette croisière.

« C'est encore pire que sur terre… Pire que sur terre… »

« Pire que sur terre », se répétait-elle.

Elle était vêtue d'un tailleur noir, comme à son habitude.

Ses cheveux étaient teints en blond.

Elle avait un visage rieur, rayonnant, un visage qui donnait envie de sourire, de rire.

La noirceur de son tailleur ne pouvait pas grand-chose contre son visage mais sans cette précaution, il est probable que la plupart des gens auraient ri ou souri en la croisant.

Elle avait l'air fatiguée.

Lasse même.

De son visage, de son tailleur, de ses cheveux courts et teints en blond.

Lasse de cette stupide croisière.

Si lasse qu'elle ne trouvait pas la force nécessaire pour grimper sur la rambarde et se jeter à la mer.

Si fatiguée qu'elle en était à souhaiter que le bateau veuille bien l'y accompagner.

« Si seulement on sombrait… » soupirait-elle.

Au même moment du même jour, sur le pont supérieur du même paquebot, une autre jeune femme se tenait dos à la mer et fumait une cigarette.

« Pourvu qu'on coule », se disait-elle, elle.

Elle était plus menue que la première, plus tendue aussi, aurait-on dit. Ses cheveux étaient plus longs, plus foncés. Presque noirs.

Elle portait un foulard blanc, un pantalon blanc et une chemise blanche. Ses pieds étaient nus.

Elle regardait dans le vide, fixement cependant, comme si elle y voyait ou y étudiait quelque chose.

Sans la mer, sans le paquebot, sans le vent qui agitait son foulard, elle aurait aussi bien pu se trouver sur le quai d'une gare. À ce détail près que le train n'arrivait pas, ou bien qu'il passait sans s'arrêter. Ou qu'elle ne montait pas dedans.

Elle restait là, les yeux rivés aux cheminées du paquebot.

« Partir en fumée, songea-t-elle, rejoindre les oiseaux… » Elle écarta ses bras. « Devenir moi-même un oiseau… »

Elle se rappela qu'elle était en mer. « Mourir noyée, reprit-elle, retrouver les poissons… » Elle baissa ses bras. « Être un poisson moi-même… »

Elle faillit se laisser distraire, comme à son

habitude. Commencer à se demander quel oiseau, quel poisson elle serait.

Mais elle décida de rester concentrée pour une fois.

« Pourvu qu'on coule », se redit-elle.

Toujours au même moment, le même jour toujours, à l'avant, tout au bout, à la proue du bateau, une troisième jeune femme assistait au même lever du jour et sans bien savoir à qui elle s'adressait, murmurait :

« Prends-moi. »

Loin des vagues, loin de l'eau, loin du paquebot qui fendait la mer, elle avait déjà fait cette prière.

Cru en cette prière.

Mais les jours avaient continué.

Elle avait regardé les jours se moquer d'elle, la narguer. Elle les avait longuement regardés, et calmement, presque froidement, elle avait recommencé.

Chaque matin, chaque début de journée, chaque jour qui apparaissait, elle répétait : « Prends-moi. »

Elle portait une robe jaune, jaune canari.

Elle se pencha en avant, le visage au-dessus des vagues, imagina le paquebot s'enfonçant dans les eaux.

Ses cheveux longs et bruns, d'un brun très clair, plus longs que bruns, passèrent par-dessus le bandeau jaune canari qui les retenait et plongèrent droit vers la mer.

D'un coup, elle se redressa et les rejeta en arrière.

« Pas comme ça », dit-elle tout haut.

« Tu rêves », ajouta-t-elle.

Elle mit ses mains en porte-voix et toujours sans savoir à qui elle s'adressait, elle cria : « Vaaaa te faire fouuuuuuuutre ! »

Puis elle s'immobilisa et apprécia le vide que son cri avait laissé en elle.

Le Libraire

À des milliers de kilomètres de l'endroit où vous vous trouvez, dans un pays, une ville, une librairie parmi tant d'autres, un libraire ouvrit les yeux.

Il venait d'entendre le poudoupoudoupoudou de la porte d'entrée de sa librairie.

Il rangea un peu son bureau, puis il attendit.

Le bureau du libraire était caché derrière deux étagères disposées en angle. Il estimait que les clients qui entraient dans une librairie souhaitaient avant tout voir des livres.

Ce n'était pas, pour la plupart, un libraire qu'ils cherchaient.

Le libraire aimait l'idée de clients se retrouvant seuls devant un océan, une marée plus exactement, de livres, sans personne pour les observer.

Il aimait l'idée que les livres existent sans lui.

Il se demandait s'il n'aimait pas aussi l'idée de ne pas exister.

Le libraire était assez mélancolique, c'est vrai, mais il s'en accommodait.

Il ne voyait pas très bien comment garder un moral d'acier au milieu de tous ces livres, de toutes ces histoires, de toutes ces pensées, de toutes ces vies. Il enviait, dans ses pires moments, les vendeurs de voitures.

Sans trop y croire.

Car le libraire enviait surtout, non pas les auteurs, mais les personnages des livres qu'il lisait. Et il n'avait jamais lu de livre où le héros était un vendeur de voitures.

Ou alors très temporairement.

Et pourtant, Dieu savait, se disait le libraire, que le libraire en avait lu des livres.

Évidemment, Dieu savait aussi que le libraire n'en avait pas lu tant que ça où les héros étaient libraires.

Mais, se disait encore le libraire pour mettre

fin à son altercation avec Dieu, c'était quand même plus proche.

Il écouta les pas du nouvel arrivant. « Un homme », pensa-t-il, au grincement des chaussures. Les pas se rapprochèrent.

À leur fermeté, leur détermination, le libraire comprit que ce n'était pas un nouveau. Que l'homme s'avançait clairement et en connaissance de cause vers son bureau. Spontanément, le libraire eut envie de se cacher dessous.

Mais il se ramena à la raison et resta courageusement assis dans son fauteuil.

L'homme arriva. Il rapportait un livre sur les dauphins dont il n'était pas satisfait.

— Je ne suis pas satisfait de ce livre sur les dauphins, dit l'homme.

Il portait un élégant costume.

— C'est de la merde, ajouta-t-il.

Le libraire le regarda dans les yeux.

Et il les trouva beaux.

— Pardon, reprit l'homme. Je me suis mal exprimé. Ce n'est pas tant du livre dont je ne suis pas satisfait, que des dauphins. Les dauphins me gonflent, à vrai dire. On m'en avait… Quelqu'un m'en avait pourtant dit le plus grand bien…

Le regard de l'homme se perdit quelque part dans les affiches de films qui étaient accrochées derrière le bureau du libraire.

— Une jeune femme… enfin une femme de mon âge… Voilà, au revoir monsieur.

— Vous ne voulez pas que je vous rembourse… que je vous fasse un avoir ?

— Non merci, vous êtes aimable. Mais ce n'est pas le livre qui est en cause et je ne renie pas son achat… Je ne suis pas sûr, à y réfléchir, qu'on puisse écrire un meilleur livre sur les dauphins… Non, c'est sans doute un excellent livre. Mais je n'en veux pas chez moi, et je ne veux surtout pas, vous comprenez, qu'elle tombe dessus…

Le regard de l'homme se perdit encore.

Puis l'homme se reprit et dit :

— Alors au revoir monsieur, et bonne journée.

— Bonne journée, répondit le libraire.

Il attendit d'entendre le poudoupoudoupoudou de la porte de sa librairie, puis il se mit à réfléchir.

Il ne connaissait aucune femme amoureuse des dauphins.

Le libraire s'égara dans sa réflexion. Il avait connu pas mal de femmes.

Dans le temps où il avait des amis, certains d'entre eux allaient jusqu'à voir en sa librairie un véritable « piège à femmes ».

Ce qui restait pour eux-mêmes, pour le libraire, et pour toutes les femmes, incompréhensible.

Des étagères, des livres, pas de tenture en velours rouge, pas de champagne, ni de petits biscuits.

Simplement des livres.

Difficile de voir où était le piège.

Le libraire avait perdu ses amis le triste jour où il avait découvert qu'il était devenu pour eux un sujet de conversation.

Plus exactement, le libraire s'était, ce jour-là, rendu compte qu'il avait perdu ses amis.

Quelques mots maladroits, des expressions trop identiques, des conseils ou des reproches étrangement rapprochés avaient peu à peu fait découvrir cela au libraire.

Jusqu'au jour triste où il l'avait entièrement découvert.

Malgré ses efforts, le libraire n'avait pas réussi à comprendre comment des amis avaient pu en arriver là.

Aussi avait-il compris qu'il avait perdu ses amis.

Ceux-là mêmes qui continuaient d'aborder dans leurs conversations le sujet du libraire pour s'étonner ensemble de son éloignement.

C'était le premier client de la journée.

Et ça commençait plutôt fort parce qu'habituellement le premier client de la journée n'entrait pas avant la fin de la matinée.

La ville où vivait et travaillait le libraire était pour ainsi dire envahie de librairies et la sienne n'était pas la mieux placée, ni la plus cotée.

« Eh bien, voilà une journée qui commence sur les chapeaux de roue », se dit le libraire en allant se préparer une tisane.

« Un client, une tisane », telle était, à ce moment-là de son existence, la devise du libraire.

Il monta à l'étage par un escalier en colimaçon qui menait à une nouvelle salle remplie de livres sans étagères, passa une porte, et arriva dans sa cuisine.

« Verveine », se dit-il.

Lorsqu'il était plus jeune, c'est-à-dire plus jeune qu'il ne l'était maintenant car il était assez jeune, la devise du libraire avait été « un client, un café », mais avec la réussite (plus de dix clients par jour), les tremblements, les mains moites et les nuits d'insomnie avaient eu raison de sa devise. Et puis les tisanes, malgré leur goût discutable, présentaient, tout comme les clients, une plus grande variété.

Le libraire avait ceci de particulier qu'il n'était pas obstiné et que si une bonne idée se transformait en une mauvaise, il le reconnaissait.

Il y avait eu, dans sa jeunesse d'avant sa jeunesse, bien d'autres devises sur lesquelles il était revenu.

Sur lesquelles il était, pour ainsi dire, passé à la tisane.

Pas toutes, cependant.

Le libraire refusait de vendre de la merde. « Mais qui était-il pour décider ainsi de la

26

merde ? » lui faisait-on parfois, et pas toujours si poliment, comprendre.

Eh bien, il était le libraire.

Et ça lui semblait suffisant.

Les gens mécontents n'avaient qu'à se rendre dans l'une ou l'autre des nombreuses librairies de la ville, ou bien aller s'ouvrir leurs propres librairies, se vendre et s'acheter leurs merdes, le libraire ne voyait pas pourquoi ce serait à lui de le faire.

Lui refusait la merde.

Dire que c'était la raison pour laquelle sa librairie n'était pas la plus fréquentée aurait été un peu rapide.

« C'est tellement facile d'expliquer les choses par d'autres choses », se disait le libraire.

Le seul moyen qu'avait trouvé le libraire pour être certain qu'il ne vendait pas de la merde était de lire tous les livres qu'il mettait sur les étagères de sa librairie.

Le libraire passait donc son temps à lire.

Et quand il ne lisait pas, il continuait encore de lire.

Ou de relire.

À la naissance de sa librairie, lorsqu'il était encore le plus jeune libraire de la ville où il habitait, le libraire n'avait qu'une seule étagère de livres, derrière laquelle il pouvait à peine cacher son bureau.

Mais le temps avait passé, le libraire s'était épaissi, et les livres s'étaient entassés.

Une tasse de verveine à la main, le libraire redescendit dans sa librairie et, légèrement inquiet, il commença à relire le livre sur les dauphins que le client avait posé sur son bureau.

Page après page cependant, il se dit lui aussi qu'on aurait difficilement pu en écrire un meilleur, du moins tant que les dauphins ne l'écriraient pas eux-mêmes. Ce qu'apparemment, quelques personnes – les auteurs du livre en tout cas – envisageaient très sérieusement.

L'idée amusa un instant le libraire. Les poèmes d'un rossignol et les méditations d'un gorille le firent quelque temps rêver...

Puis l'idée, assez vite, l'angoissa.

Si même les animaux (et apparemment, pas les moins « gonflants ») se mettaient à écrire des livres, où allait-on ?

Où étions-nous déjà ?...

Le libraire eut une vision.

— Bonjour, avez-vous ce manuel du couple
écrit par un castor ?

— Non.

— Puis-je le commander ?

— Non.

— Et pourquoi pas ?

— Parce que je ne le vends pas.

— Et pourquoi ?

— Parce que je ne veux pas le vendre.

— Mais vous n'avez pas le droit… C'est
intolérable. Les animaux aussi ont le droit
d'écrire.

— Ça n'est pas le problème.

— Pardon ?

— Je ne vends pas de manuels du couple.

— Ah…

— Oui.

— Mais ça aussi, c'est intolérable !

— Bon.

— Vous aurez de mes nouvelles…

— D'accord.

— Intolérable !

— Au revoir.

Poudoupoudoupoudou.

Le libraire secoua la tête et s'aperçut qu'il transpirait.

Il rangea le livre sur les dauphins sur une étagère, puis il se rappela quelque chose qu'il avait lu, le ressortit, retrouva la page qu'il cherchait et l'arracha avant de la glisser dans une enveloppe.

Le libraire n'avait plus d'amis mais il avait cinq frères et cinq sœurs.

Pour lesquels il n'avait jamais été un sujet de conversation.

Pour lesquels il avait été, tout au plus, un frère.

Éparpillés un peu partout dans le monde, à des milliers de kilomètres de la ville où se trouvait la librairie du libraire, ses frères et sœurs vivaient chacun leur vie et recevaient de temps en temps des pages arrachées à des livres.

Sans plus d'explication.

Ces pages étaient pour chacun et chacune différentes, ainsi qu'étaient différents les emplois que chacun et chacune des frères et sœurs du libraire en faisaient.

Mais tous les lisaient.

Tous les lisaient.

Et le libraire savait que tous les lisaient.

Aussi dès qu'une page d'un livre lui donnait envie de voir un de ses frères et sœurs, il l'arrachait et la lui envoyait.

Sans plus d'explication.

Puis le libraire portait le livre en question en haut de son escalier en colimaçon et le déposait dans la salle sans étagères.

Quand ses frères et sœurs s'étaient mis à faire des enfants, le libraire avait élargi ses arrachages de pages à tous ses neveux et à toutes ses nièces.

Il y avait, à ce moment-là de la carrière du libraire, une montagne de livres dépareillés à l'étage de sa librairie.

Le libraire se disait souvent que lorsqu'il mourrait, ses frères et sœurs et leurs enfants, réunis quelque part dans le monde pour fêter sa mort dans la tristesse et dans la joie, n'auraient qu'à rassembler toutes leurs pages arrachées pour fabriquer ensemble le livre du libraire.

Et cela le réconfortait.

Comment le libraire savait-il qu'il serait le premier à mourir ?

Il le savait.

Il avait lu toute une librairie de livres et il le savait.

Au point qu'il se demandait parfois s'il n'était pas déjà mort.

Le libraire se promena dans les allées de sa librairie.

Il prit au hasard un livre sur une étagère.

Il l'ouvrit à la première page, commença à lire, et sourit.

Il tourna la page, continua, se laissa glisser contre l'étagère jusqu'à s'asseoir par terre. Son sourire s'élargit.

Ce n'était pourtant pas un livre drôle, et même loin de là, mais c'était l'effet que les livres faisaient au libraire, et c'était d'ailleurs ce pourquoi il était devenu libraire.

Dès qu'il ouvrait un livre, le libraire était heureux.

Ou du moins, il se sentait bien.

C'était presque une joie d'enfant.

C'était aussi une faiblesse.

Il avait l'impression qu'on s'occupait de lui, qu'on prenait soin de lui.

Pour tout dire, lorsque le libraire lisait un livre, il avait le sentiment d'être aimé.

Le libraire était assez grand, assez épais, et mis à part les cheveux, les descriptions physiques l'ennuyaient.

Il portait cela dit des chaussures, un pantalon, une chemise et une veste, ainsi que pas mal de gens.

Le libraire possédait aussi un chapeau qui était accroché à un portemanteau près de son bureau et dont il se couvrait de temps en temps.

Mais le plus intéressant chez le libraire était qu'il ressemblait lui-même à un livre. Comme s'il avait eu une couverture cartonnée et, à l'intérieur, une multitude de pages sur lesquelles s'écrivait sans doute et sans cesse la vie du libraire, des petites aux grandes choses en passant par les moyennes. Dire combien de pages étaient déjà écrites et combien restaient à écrire était impossible. Le libraire lui-même n'en savait rien et d'une certaine manière s'en moquait.

Une autre chose qui rapprochait le libraire d'un livre était qu'on pouvait lire sur son visage toutes ses émotions, soit qu'il fût incapable de les cacher, soit qu'il n'y pensât simplement pas.

Et une dernière chose qui expliquait pourquoi les livres pouvaient considérer le libraire comme un des leurs était que le libraire ne quittait jamais sa librairie.

Le libraire ne quittait jamais sa librairie parce qu'elle ne fermait jamais, ou bien était-ce la librairie du libraire qui ne fermait jamais parce que le libraire ne la quittait jamais.

La librairie du libraire était ouverte jour et nuit, tous les jours de l'année, sept jours sur sept, vingt-quatre heures sur vingt-quatre, sans interruption, et cetera, et cetera.

Ce que le libraire avait résumé en peignant

simplement et définitivement sur la porte de sa librairie le mot « Ouvert ».

Car c'était ainsi qu'il la voyait : sa librairie était ouverte, un point c'est tout.

L'idée d'un client à la recherche désespérée d'un livre se retrouvant devant une porte fermée l'angoissait.

C'était une autre des particularités du libraire : il se sentait responsable.

C'était aussi pour ça qu'il était devenu libraire.

Au début, le libraire fermait la librairie le soir et se cachait à l'intérieur en attendant le client à la recherche désespérée d'un livre. Il s'imaginait lui faire la surprise et rouvrir tout d'un coup sa librairie pour lui.

Mais le client n'étant jamais apparu, le libraire, las de l'attendre, avait sorti ses pinceaux et ouvert pour toujours sa librairie.

Le libraire, malgré tout, dormait. Il dormait même bien, ce qui pour un homme qui passait sa journée à lire était nécessaire, sans compter les rêves qu'il avait encore à faire pendant son sommeil.

Le libraire dormait presque la moitié du temps, c'est-à-dire la nuit. Il s'endormait après le dernier client de la journée et s'éveillait avec le premier.

Dès qu'il était seul dans sa librairie et qu'il s'en sentait la force, le libraire, tête baissée, lisait. Et il s'y mettait si passionnément qu'il n'entendait pas toujours le poudoupoudou-poudou de la porte d'entrée.

— Bonjour ? dit une jeune femme qui était timidement entrée et venait d'affronter une marée de livres pour arriver jusqu'au bureau du libraire.

Au ton angoissé de ce bonjour, le libraire se leva aussitôt et sortit de derrière son bureau.

La jeune femme reprit son souffle et lui demanda s'il pouvait l'aider.

Le libraire la regarda et trouva que son visage ressemblait à celui de la Vierge Marie.

— Je ne sais pas, répondit-il.

La jeune femme trouva cela engageant.

— Vous pouvez quand même essayer, dit-elle.

— Oui, répondit le libraire.

La jeune femme cherchait un livre pour sa mère qui n'était en fait pas sa mère.

Le libraire lui proposa la Bible, puis face au visage interdit de la jeune femme, se rendit compte qu'il était toujours en train de penser à sa ressemblance avec la Vierge Marie.

La jeune femme se mit à trembler.

Le libraire voulut poser sa main sur son épaule pour la calmer, lui faire comprendre qu'il ne pensait pas un mot du titre qu'il lui avait proposé, mais la jeune femme repoussa violemment son bras et commença à pleurer.

Elle bafouilla qu'elle ne lui aurait jamais fait de confidences sur sa mère si elle avait su quel salaud il était.

Et elle finit par partir.

Le libraire était scié.

Scié et désolé.

Il réfléchit, s'approcha lentement d'une étagère et en retira un gros volume, conscient qu'il ne pouvait pas laisser dans sa librairie un livre qui faisait couler les larmes des jeunes femmes dont la mère n'était pas la mère.

C'est alors que le libraire entendit le pou-doupoudoupoudou de Dieu qui quittait sa librairie.

Mais il ne s'en inquiéta pas.

Ce n'était pas la première fois et Dieu était, chaque fois, très vite revenu.

Le libraire se rappela ensuite le visage de la jeune femme et s'en voulut. Il sortit sur le pas de sa porte, jeta un œil dans la rue, ne vit personne. Il surveilla un moment le bar-tabac qui faisait face à sa librairie puis il abandonna.

La jeune femme était partie.

Avec ce qu'il y avait comme librairies en ville, il ne risquait pas de la revoir de sitôt.

Le libraire lui souhaita mentalement bonne chance et rentra dans sa librairie.

Il se priva, comme pour se punir, de tisane, et se remit à lire.

Le libraire passait plus de temps à lire que tous les libraires réunis car il avait, entre autres et sans s'en douter, un énorme atout par rapport à eux : il n'avait pas envie d'écrire.

Pas la moindre petite envie.

Ce n'était pas que l'idée n'avait pas traversé la tête du libraire, c'était simplement qu'elle l'avait, réellement, traversée. Le libraire y avait pensé quelques secondes puis il avait laissé l'idée s'en aller.

Ce qui l'intéressait, lui, c'était de lire.

C'était lire qui le passionnait.

Et mis à part les noms de ses tisanes sur les étiquettes de leurs pots et les adresses de ses frères et sœurs sur les enveloppes qu'il leur envoyait, le libraire n'écrivait jamais.

Le libraire n'avait aucune conscience de sa différence.

Il pensait être comme tout le monde, ou du moins, comme tous les libraires, ce qui, dans la ville où il vivait, revenait presque au même.

Un bruit de talons aiguilles sortit le libraire de sa lecture, aussitôt suivi, puis dépassé, par un parfum de pivoine.

La femme chercha un peu le libraire, puis lui demanda :

— Pouvez-vous faire quelque chose pour moi ?

Le libraire regarda la femme, ses magnifiques cheveux, ses magnifiques yeux, tout son être magnifique, et il répondit :

— Tout ce que vous voudrez.

Elle le regarda à son tour, sourit, et dit :

— C'est vrai ?

La femme et le libraire firent l'amour très rapidement, contre une étagère de littérature russe, ce fut magnifique, et pour elle, et pour lui.

Un petit groupe de clients entra. La femme embrassa le libraire et s'en alla.

Poudoupoudoupoudou…

Le libraire observa un moment les nouveaux venus et hésita. Dans un monde idéal, se disait-il, tout le monde devrait faire l'amour avec tout le monde.

Il soupira et retourna finalement s'asseoir derrière son bureau.

Adopter le comportement d'un habitant d'un monde idéal dans une librairie, se dit encore le libraire, c'était forcément la catastrophe.

Assis dans son fauteuil, le libraire suivit des yeux le petit groupe de clients.

Celui-ci avait du mal à avancer entre les étagères qui n'étaient pas agencées pour les passages de groupes, petits ou grands. Cela n'avait rien d'intentionnel de la part du libraire mais en regardant le petit groupe, il se dit malgré lui que cela était aussi bien.

Il ne put s'empêcher de penser à ses anciens

amis et regarda encore les membres du petit groupe faire du surplace entre deux étagères en chuchotant sans arrêt.

Le libraire essaya de lire mais leur présence dans sa librairie l'en empêchait.

Il hésita à les mettre dehors un par un juste pour se prouver qu'ils pouvaient se détacher, puis il se calma.

Le petit groupe atteignit difficilement le bureau du libraire.

Ses membres parlèrent tous en même temps, et le libraire crut un instant qu'il n'allait rien comprendre, mais ils dirent tous la même chose.

— Quel est votre livre le plus demandé ? fit le groupe d'une seule et même voix.

Le libraire dévisagea un à un les multiples visages et quitta son fauteuil.

La créature le suivit maladroitement.

Le libraire fit exprès de passer par les endroits les plus resserrés de sa librairie dans lesquels, en temps ordinaire, seuls les enfants s'aventuraient, et laissa se confondre le plaisir et le remords que lui procuraient les grognements et les frottements derrière lui.

Puis il désigna un livre au hasard, et laissa le groupe se débattre devant l'étagère.

Le libraire n'avait qu'un exemplaire du livre en question que chaque membre du groupe voulait à présent.

Après un long chuchotement, ils finirent par se mettre d'accord pour n'en prendre aucun afin de préserver leur unité.

Le libraire les vit encore se cogner à droite à gauche pour regagner difficilement la sortie sans cesser de chuchoter.

Et ils restèrent si groupés, en passant la porte de la librairie, que le libraire n'entendit qu'un seul poudoupoudoupoudou.

Soulagé, il alla se préparer une tisane, et, faute de pivoine, choisit du thym.

Le libraire ne connaissait rien aux tisanes et n'avait pas de livres sur elles. Il testait lui-même leurs effets, mais comme cela faisait partie des choses qu'il était incapable de se rappeler, il les testait sans arrêt.

Il retrouva bientôt son fauteuil et, de nouveau, son livre.

Si le libraire n'arrivait pas à se rappeler certaines choses, c'était qu'une grande partie de sa mémoire était occupée par ses livres. Il les connaissait si bien qu'il pouvait lire trois pages de l'un, puis d'un autre, puis d'un autre, sans jamais perdre le fil.

Tous les livres de sa librairie étaient présents en lui, écrits en lui, et le libraire en les lisant ne faisait que les raviver.

Les livres, eux, avaient besoin des lectures du libraire pour continuer à vivre en lui.

Alors le libraire continuait de lire.

Quelques poudoupoudoupoudoux plus tard (un homme qui cherchait des livres de merde, la femme d'un homme qui cherchait un livre de merde pour son mari), le premier témoin de Jéhovah de la journée entra dans la librairie.

Il ne cherchait aucun livre mais voulait convertir le libraire à la joie de la beauté de la vie.

— J'ai une tête à me faire convertir à la joie de la beauté de la vie ? lui dit un peu malgré lui le libraire.

Le témoin regarda attentivement le libraire et réfléchit.

— Non, pas aujourd'hui, dit-il. Puis il quitta la librairie.

Le libraire s'interrogea.

Il monta à l'étage et se rendit dans sa salle de bains pour se regarder dans une glace.

Là, il se rassura en constatant que sa tête était bien là.

À partir de onze heures moins le quart, le libraire attendait le facteur qui n'arrivait qu'à onze heures. Mais comme il était certain d'avoir du courrier, le libraire se préparait à le recevoir dès onze heures moins le quart.

Depuis qu'ils étaient partis aux dix coins du monde, laissant ainsi au libraire le sentiment étrange que c'était lui qui était en réalité parti, les frères et sœurs du libraire semblaient s'être mis d'accord pour lui envoyer, peut-être sans le savoir, une lettre par jour.

Qu'il pleuve, qu'il vente, qu'il neige, quoi qu'il arrive.

Ces lettres ne contenaient parfois qu'une phrase, qu'un mot, qu'un dessin, et quelquefois rien.

Mais une lettre arrivait chaque matin.

Le libraire ne répondait pas à ses frères et sœurs autrement que par les pages qu'il arrachait à ses livres.

Les lettres de ses frères et sœurs ne mentionnaient jamais les pages envoyées par le libraire mais celui-ci devinait aux lettres que ses pages avaient été reçues et lues.

Le libraire se demandait souvent si ses frères et sœurs s'écrivaient aussi entre eux.

Et il croyait que oui, il espérait que oui, il priait Dieu que oui.

Poudoupoudoupoudou, Dieu revenait.

— Ah, dit le libraire. Sa Majesté a fini de bouder…

Poudoupoudoupoudou, Dieu repartit.

À onze heures précises, le facteur passa, croisant Dieu sans le savoir, et pour quelques instants le remplaçant, à en juger la ferveur avec laquelle le libraire l'accueillit et reçut une lettre de sa plus jeune sœur.

Il retint un instant le facteur et écrivit l'adresse d'un de ses frères sur l'enveloppe posée un peu plus tôt sur son bureau avant de la lui remettre.

Le libraire raccompagna ensuite le facteur jusqu'à la porte de la librairie, fit demi-tour et

sauta dans son fauteuil pour lire la lettre de sa
petite sœur.

« Je crois que je suis en train de tomber
amoureuse de mon mari alors que je le suis
déjà.

Hé... hé... hé...

Ploum ploum tralala.

Toc toc...

Cocotte-minute !

C'est pas facile. »

Lorsqu'il l'eut attentivement lue, le libraire
relut la lettre de sa petite sœur sans bien se
rendre compte qu'il l'avait déjà lue.

Lire et relire étaient devenus, aux yeux
experts du libraire, une seule et même chose.

Si bien qu'il relut encore plusieurs fois la
lettre avant de la ranger précieusement dans
un des profonds tiroirs de son bureau.

Et puis, soudain, le libraire s'ennuya.

Il n'y crut d'abord pas puis il se rendit à
l'évidence.

Il s'ennuyait.

Le libraire sourit et prit plaisir à son ennui,
le savoura pour ainsi dire.

« Je m'ennuie, se dit le libraire, qu'est-ce que je m'ennuie… »

Et il n'en revint pas.

Il attendit simplement qu'un poudoupou-doupoudou le sorte de son ennui.

La plus belle femme du monde entra dans la librairie.

— Je m'appelle Hélène, dit-elle, une fois parvenue face au bureau du libraire.

Le libraire la regarda subjugué.

— Moi aussi, dit-il.

La plus belle femme du monde lui sourit.

Le libraire se reprit.

— Excusez-moi… Je ne sais plus ce que je dis.

— Je vous en prie, répondit-elle.

Elle tourna sur elle-même et le libraire la regarda époustouflé.

— Vous cherchez un livre ?

— Oui, répondit Hélène.

Puis elle mordit ses lèvres qu'elle avait incroyablement belles.

— Non… avoua-t-elle. Je cherche un fiancé.

Le libraire lui sourit tristement.

— Je suis désolé, dit-il.

La plus belle femme du monde regarda le libraire dans les yeux et n'insista pas.

— Non, ne le soyez pas… répondit-elle. Je finirai bien par en trouver un.

— Si ce n'est mille, dit le libraire.

— Un suffira, dit la plus belle femme du monde.

— Je pense que vous le rendrez heureux.

— Je vous remercie, dit Hélène en adressant au libraire le plus beau sourire du monde.

Puis elle quitta la librairie.

De toutes les femmes qui étaient tombées dans le piège de sa librairie, le libraire n'en avait aimé que trois qui lorsqu'il pensait à elles n'en formaient plus qu'une qui était devenue l'amour perdu du libraire.

Le libraire avait aimé ces trois femmes plus que ses livres, plus que ses frères et sœurs, mais il n'avait pas perdu ses livres et ses frères et sœurs, pas plus que ses livres et ses frères et sœurs ne l'avaient perdu.

Le libraire savait qu'il ne pouvait pas aimer

d'autre femme et prenait soin de son amour perdu en pensant aux trois femmes dès qu'il le pouvait, malgré toute la solitude que le seul soupçon d'elles faisait peser sur lui.

Le libraire avait laissé à la première des trois femmes une moitié de lui-même, avait réussi à se protéger à peu près de la deuxième, mais avait perdu son autre moitié avec la troisième.

C'est pourquoi le libraire n'était plus personne.

Plus rien qu'un monument à son amour perdu.

Il parvenait pourtant à dormir, à se réveiller aussi, à tenir tant bien que mal sa librairie, mais il n'y avait plus personne en lui.

Le libraire avait disparu et seules les trois femmes réunies auraient pu le faire apparaître à nouveau.

N'étant pas là lui-même, le libraire avait beaucoup de place pour les autres, ses livres d'abord, ses frères et sœurs ensuite, et enfin ses clients.

Certains d'entre eux ne venaient à sa librairie que pour ça, pour cette disponibilité qu'avait le libraire et qui faisait qu'en entrant dans sa librairie, les clients entraient également en lui.

D'autres au contraire fuyaient sa librairie à cause de ça.

— Bonjour, dit un petit homme sec.
— Bonjour, dit le libraire.

Le petit homme regarda autour de lui, inspecta les lieux, ne s'y plut pas et repartit.

— Au revoir, dit-il.
— Au revoir, dit le libraire.

Le libraire s'arrêta un instant de lire pour refermer du regard la porte sur le petit homme, puis il reprit sa lecture.

Le libraire faisait attention à ne pas laisser traîner des gens en lui, qu'ils soient bienveillants ou non, pour ne pas devenir un hall de gare, pour rester ce qu'il restait de lui, même si ce reste était du vide, et pour ne pas perdre tout repos.

Il accueillait les gens un moment, puis il les raccompagnait.

Et les poudoupoudoupoudoux qui confirmaient leurs entrées et leurs sorties lui étaient, dans cette entreprise, d'une aide précieuse.

Le libraire croyait à la vie après la mort et sa croyance était assez simple : il croyait simplement que chacun trouverait après la mort ce à quoi il avait cru.

Le libraire pensait que croire c'était créer.

Que ceux qui croyaient au paradis et à l'enfer, ainsi qu'à toutes les règles qui les dirigeraient vers l'un ou vers l'autre, trouveraient, et très exactement selon ces règles en lesquelles ils avaient cru, le paradis ou l'enfer.

Que ceux qui croyaient en la réincarnation, ainsi qu'à toutes les règles qui la détermineraient, trouveraient, et encore une fois selon ces règles que sans le savoir, en croyant, ils feraient exister, telle ou telle incarnation.

Que ceux qui croyaient au néant trouveraient le néant.

Que ceux qui ne croyaient en rien ne trouveraient rien.

Que ceux qui croyaient en autre chose, et la liste de ces choses était longue, trouveraient simplement cette chose en laquelle ils croyaient, qu'ils la craignent ou qu'ils l'espèrent, du moment qu'ils y croyaient, et toujours selon les règles qu'ils y ajoutaient.

Et que la liste des choses d'après la mort aurait exactement la même longueur que celle de ces croyances.

À la lumière de sa propre croyance, le libraire cessait parfois de lire pour imaginer la vie après la mort à laquelle il croyait, afin de la vivre après sa mort.

Il ne voulait pas se retrouver une fois mort avec une vie qu'il n'aimait pas, simplement parce qu'il ne s'était pas donné la peine ou la joie d'y penser. D'imaginer. D'y passer du temps. Avec sérieux. Avec confiance aussi.

Au départ, le libraire avait simplement imaginé son amour perdu, les trois femmes de sa vie, et puis, petit à petit, il avait détaillé l'image de sa vie future, comme un artiste, comme un peintre.

Peu à peu, le libraire se constituait l'univers

de sa vie future, et rajoutait chaque jour une pierre, une plante, un animal. Ou une personne. Ou des formes inconnues.

Nourri de tous les livres qu'il avait lus et relus, le libraire disposait d'une palette assez immense, à laquelle s'ajoutait sa propre imagination, elle-même nourrie de toutes les autres.

Il choisissait, hésitait, enlevait, remettait, retouchait sans cesse. Il embellissait chaque jour sa croyance.

Le libraire n'avait pas encore fini le grand tableau imaginaire de sa prochaine vie.

Il prenait son temps, s'appliquait terriblement, mais il en était de plus en plus content.

Une ombre passa dans le tableau du libraire.

Il se frotta les yeux et découvrit face à lui une vieille dame qui lui souriait.

— Madame ?...

— Madame la Baronne... répondit la vieille dame d'une voix haute et chantante.

— Pardon, dit le libraire en s'empressant de se lever. Que puis-je pour vous, Madame la Baronne ?

— Je cherche un livre pour deux de mes petits-enfants.

La baronne prit le bras que le libraire lui offrait et ils se mirent à marcher doucement le long des étagères en regardant les livres.

Sur leur passage, sur celui de la baronne en tout cas, les livres semblèrent s'incliner.

— Et qu'aiment-ils, vos petits-enfants ? demanda le libraire.

— C'est difficile à dire… Voyons, l'un adore les énigmes… Et l'autre… l'autre… Voyons… Ah oui, l'autre aime les souterrains…

— J'ai ce qu'il vous faut, dit le libraire en faisant attention malgré son excitation à ne pas trop presser le pas pour ne pas incommoder la baronne.

Arrivé devant une étagère, il en sortit un petit livre et le lui montra.

« Tilleul-romarin », pensait déjà le libraire en étudiant le visage de la baronne.

La baronne chaussa ses lunettes et lut le titre du livre de sa voix haute et chantante.

— *L'Énigme du souterrain*, dit-elle.

Puis la baronne regarda le libraire et lui sourit.

— C'est parfait, dit-elle.

En redescendant son escalier, une tasse de tisane à la main, le libraire aperçut la question.

Elle venait de se faufiler sous la porte sans déclencher le poudoupoudoupoudou et elle cherchait le libraire dans la librairie.

La question entrait de temps en temps et toujours sans prévenir.

Le libraire s'immobilisa sur l'avant-dernière marche de l'escalier, sa main crispée autour de sa tasse, et ne fit plus aucun bruit.

La question fit le tour des étagères, renifla, longea les livres.

Elle fouilla le bureau du libraire, s'attarda

près de son fauteuil, tourna encore un peu et commença à faire marche arrière.

Mais une goutte de tisane s'échappa de la tasse du libraire, tomba et éclata sur le sol.

La question se figea.

Le libraire retint son souffle.

Elle se retourna lentement, et s'approcha peu à peu du libraire, jusqu'à n'être plus qu'à quelques centimètres de lui.

Le libraire avait cessé de respirer. La question lui tourna autour sans le voir et sans pouvoir l'atteindre.

Le libraire était comme la pierre.

La question abandonna et repartit comme elle était venue, en se glissant sous la porte.

Le libraire souffla enfin.

Il regagna son fauteuil et, soulagé, commença à boire sa tisane.

Les quelques fois où il n'avait pas été si habile et où la question s'était emparée de lui, le libraire avait passé de sombres moments.

Des heures, des journées et parfois des semaines, terrassé derrière son bureau.

Les livres faisaient tout pour l'aider, mais même les livres étaient impuissants face à la question et ne pouvaient qu'attendre qu'elle parte d'elle-même.

Le libraire savait reconnaître chez un client la présence de la question parce qu'il l'avait lui-même connue, et parce que de toute façon un client sur deux, deux clients sur trois, trois clients sur quatre qui entraient dans sa librairie étaient porteurs de la question.

Ces clients-là n'étaient pas toujours conscients de l'impuissance des livres et le libraire n'osait pas la leur apprendre. Il les laissait alors espérer, chercher, penser trouver, se rendre compte que non, ne plus savoir.

Mais que pouvait-il faire d'autre ?

Fermer sa librairie ?

Le libraire l'avait sérieusement envisagé, les moments sombres où la question s'était installée en lui. Mais il n'avait pas eu le cœur d'abandonner ses livres, malgré leur impuissance, à cause de leur impuissance peut-être.

Le libraire avait choisi de rester avec eux et sa librairie était restée ouverte.

Ouverte à lui-même ainsi qu'à tous les clients, avec ou sans question.

Et le libraire, en soufflant sur sa tisane pour la refroidir un peu, en éprouvait quelque chose qui ressemblait à de la fierté et qui était en fait du courage.

POUDOUPOUDOUPOUDOU.
Un couple de clients entra.
Le libraire tressaillit, perdit tout son courage, et se précipita sous son bureau.

La librairie du libraire était ouverte aux hommes et aux femmes, tant pour les livres que pour les clients, et un nombre à peu près égal d'hommes et de femmes s'y rendaient chaque jour.
Pour le libraire qui ne faisait pas toujours la différence, cela n'avait pas grande importance. Du moment qu'ils étaient seuls.
Parce que le libraire faisait très bien, peut-être même trop, la différence entre les gens seuls et les couples.

Les couples.

Lorsqu'il entendait le POUDOUPOUDOUPOU-DOU d'un couple, le libraire perdait toute sa contenance. Selon son humeur et sa vitesse de réaction, il grimpait quatre à quatre son escalier en colimaçon pour ne même pas voir le couple, plongeait sous son bureau, ou bien il se préparait à être méchant, ce qui n'était pas dans ses habitudes mais ce à quoi les couples, de toute façon, étaient complètement insensibles.

Caché sous son bureau, le libraire attendit d'entendre le POUDOUPOUDOUPOUDOU de sortie du couple... puis il réapparut.

Le libraire n'avait jamais vu de films, et la seule idée qu'il en avait venait des affiches qu'il accrochait aux murs de sa librairie.

Pour les choisir, il se fiait au titre du film d'abord, puis à l'affiche elle-même.

Lorsqu'il les regardait, le libraire se demandait à quoi le film pouvait ressembler, à quoi un film pouvait ressembler.

De temps en temps, un de ses clients préférés s'extasiait ou s'horrifiait devant une affiche et le libraire avait une petite idée du film grâce à sa réaction.

Quelquefois, il demandait franchement au client de lui raconter le film, et tandis que le client s'efforçait d'en retrouver l'histoire – « Alors voyons… ah oui, je crois que ça commence sur une plage… le sheriff a un nom

bizarre, Bardy, Bordy, non… je sais, Brody…
et il avait dit au maire qu'il fallait la fermer, la
plage… Mais ce fumier de maire ne veut rien
savoir. Il ne pense qu'au tourisme et au fric. Il
envoie chier le sheriff Brody et la plage reste
ouverte… Oui, c'est ça… Et puis un jour y a
plein de monde sur la plage, un enfant s'éloi-
gne un peu dans la mer… » –, le libraire écoutait cette histoire en tentant surtout d'en
percevoir les sons, les couleurs, les matières,
les mouvements, les goûts, les lumières, et
même les odeurs.

C'était selon le client – et selon le film aussi
sans doute, se disait le libraire – plus ou
moins facile.

Il remercia le client et retira discrètement
sa jambe des profondeurs de sous son bureau.
Pou… dou… pou… dou… pou… dou…

Les clients préférés du libraire étaient ceux
qui n'avaient jamais lu de livres.
Ou bien très peu.
Par chance, c'était souvent dans sa librairie
que finissaient par entrer beaucoup d'entre
eux.
Peut-être était-ce que la librairie du libraire

était moins intimidante parce qu'elle avait moins de livres que toutes les autres. Peut-être était-ce aussi de ne pas y voir de libraire. Ou peut-être était-ce encore autre chose, quelque chose qui n'avait rien à voir avec la chance, qui émanait de la librairie du libraire et qui leur souhaitait la bienvenue.

Toujours était-il que ces clients-là entraient.

Les clients préférés du libraire ne savaient pas ce qu'ils cherchaient.

C'était pour ça qu'ils étaient ses préférés.

Ils étaient si timides que lorsqu'ils s'adressaient au libraire c'était la plupart du temps à travers des questions qui n'avaient pas grand-chose à voir avec le fait qu'il était libraire.

— Pensez-vous qu'il va pleuvoir ?
— Y a-t-il un cinéma dans le coin ?
— Pourrais-je passer un coup de téléphone ?

Le libraire qui n'avait pas toujours les réponses à leurs questions, encore moins le téléphone, s'arrangeait alors pour essayer de comprendre quels livres se cachaient derrière ces questions.

— Connaissez-vous l'adresse d'un bon salon de coiffure ? demanda l'un d'eux au libraire.

Le libraire réfléchit un moment en observant les cheveux du client, puis il lui fit cadeau d'un livre.

— Merci, dit le client un peu pris de court.

— Au revoir, et bonne lecture.

— Au revoir, répondit le client en se dirigeant vers la porte.

Poudoupoudoupoudou ?

Mais les requêtes des clients préférés, au fur et à mesure qu'ils lisaient et que le temps passait, se précisaient et s'affinaient. Leur timidité se transformait peu à peu en exigence, tout en gardant l'innocence que le libraire aimait chez eux et qui mettait souvent au défi son orgueil de libraire.

C'était aussi pour ça qu'ils étaient ses préférés.

— Auriez-vous un livre avec deux femmes, quatre hommes, et trois enfants ?...

— Auriez-vous un livre où tout se passe dans un bois ?...

72

— Auriez-vous un livre dans lequel une princesse croit trouver la mort... et se rend compte ensuite qu'en fait, elle a trouvé l'amour ?

— Auriez-vous un livre dont l'héroïne s'appelle Teresa ?...

— Auriez-vous un livre qui contienne à plusieurs reprises le mot : mansuétude ?...

— Auriez-vous un livre avec Gary Cooper ?

— Auriez-vous un livre sans aucun appareil électroménager ?...

— Voyons, voyons... dit le libraire. Même pas un frigidaire ?

— Surtout pas un frigidaire.

Lorsqu'il arpentait sa librairie en longeant ses étagères de livres, le libraire se faisait parfois l'effet de tenir un zoo.

Un zoo sans beaucoup de visiteurs, mais un zoo sans cages aussi, et où les animaux vivaient en bonne intelligence.

Un zoo gratuit, dans les allées duquel se promenaient parfois les clients préférés du libraire, avec ou sans enfants, se réjouissant, riant, s'attristant, s'ennuyant, et s'égarant aussi de temps en temps.

Pour leur venir en aide, le libraire avait songé à organiser sa librairie comme un zoo. À déterminer les races des livres et à les regrouper en étagères de livres domestiques, étagères de livres sauvages, étagères de livres du désert, de livres des lacs et des forêts, de livres du Grand Nord, de livres migrateurs, de livres prédateurs, de livres ovipares, de livres omnivores, de livres chanteurs, de livres rieurs, de tout ce qu'on peut trouver dans un zoo, afin que les clients sachent mieux où ils allaient.

Le libraire s'imaginait déjà leur remettre un plan de la librairie et observer leur soulagement.

Mais le libraire avait craint que ce soient les livres alors qui s'égarent, et cela aurait été, à ses yeux, pire que tout.

Le libraire se demandait parfois quelle était sa place dans ce zoo, et il comprenait qu'il en était ni plus ni moins le gardien.

Et que de même qu'aucun visiteur de zoo n'avait en général besoin d'en voir le gardien, aucun animal ne pouvait s'en passer.

En bon gardien, le libraire suivait la vie de ses livres, saluait ceux qui partaient et accueillait les nouveaux venus. Il veillait sur leur sommeil, sur leur propreté et vers midi, le libraire allait jusqu'à nourrir ses livres, c'est-à-dire qu'il en prenait quelques-uns au hasard et en lisait des passages aux autres, à voix haute, en marchant dans les allées.

Un nouveau témoin de Jéhovah entra dans la librairie.

Le libraire le salua sans s'arrêter de lire.

Le témoin rendit son salut au libraire et attendit en l'écoutant.

Alors, sans que le témoin s'en rende compte, le libraire ne choisit plus ses lectures au hasard et lorsqu'il s'arrêta, le témoin remercia simplement le libraire, avant de s'en aller en oubliant complètement de lui parler de la joie de la beauté de la vie, mais joyeux lui-même, et beau aussi.

Poudoupoudoupoudou !

Repus, les livres se mirent un à un à faire la sieste. Le libraire les laissa se reposer et continua de lire tout bas.

Tout fut calme.

De son côté, le libraire avait un second atout qui lui permettait de passer plus de temps à lire que tous les autres libraires : il ne mangeait pas.

Le libraire ne se nourrissait que de tisanes et de livres, et cela lui convenait très bien.

Malgré ce régime, le libraire restait assez épais, et les fréquents allers et retours au premier étage de sa librairie que sa forte consommation de tisane lui imposait suffisaient à entretenir sa forme physique.

Et puis, le régime du libraire fait de livres et de tisanes lui permettait surtout de manger sans s'arrêter de toute la journée.

La sieste passée, le libraire décida de réveiller ses livres en musique.

Il s'approcha d'un vieux tourne-disque, et fit entrer Wolfgang Amadeus Mozart dans sa librairie.

Pou... poudou... poudoupoudoupoudou.

La musique envahit toute la librairie.

Pou... poudou... poudoupoudoupoudou.

Il y eut un frisson parmi les livres.

Pou pou... poudou poudou poudou... poudou poudou poudou...

Le libraire longea ses étagères en chantonnant et en battant la mesure avec ses mains.

Puis le libraire s'amusa à faire semblant d'être un de ses clients préférés.

Il regarda les livres d'un air innocent, en sortit un et le feuilleta.

« Tiens, ça a l'air bien », se dit le libraire.

Il en prit un autre et lut la première page. « Passionnant », dit-il.

Son regard croisa un livre de philosophie qui semblait prolonger sa sieste, le libraire hésita, sourit, le prit délicatement.

Un client préféré s'approcha timidement du libraire.

— Bonjour, lui dit le libraire.

— Bonjour monsieur, je cherche un poème... oui c'est ça, un long poème qui raconterait l'histoire d'un homme... d'un homme perdu... condamné à vivre une foule d'incidents... de péripéties... pendant long-temps... à peu près une vingtaine d'années, et puis à la fin qui retrouve sa femme... et elle... elle... par je ne sais quel stratagème... elle lui serait restée fidèle.

— J'ai ce qu'il vous faut, répondit le libraire.

— C'est pour offrir... précisa le client.

— Un beau cadeau, dit le libraire.

— À ma femme... ajouta le client.

— Ah… dit le libraire.
— Oui.
— Je suis sûr que ça la touchera.
— Je vous remercie, dit le client.

Le libraire regarda à nouveau le livre de philosophie qu'il tenait à la main, changea d'avis, et le reposa doucement sur son rayon.

La philosophie était parue un matin dans la librairie du libraire et ne l'avait plus quittée. Elle était bien, là, à se reposer sur les étagères tandis que le libraire veillait sur elle.

Un des gros avantages de la librairie du libraire était que le libraire y maintenait, quel que soit le temps qu'il faisait dehors, un climat saharien, sec et chaud, auquel la philosophie s'était vite habituée et qu'elle n'aurait abandonné pour rien au monde. Bercée de chaleur, la philosophie se prélassait telle une lionne parmi les autres livres et se laissait aller à ne plus penser.

Certains clients n'étaient pas non plus insensibles à ce microclimat privilégié et restaient des heures à feuilleter des livres en faisant semblant d'en chercher d'autres pour pouvoir en profiter. Le libraire savait les reconnaître mais n'aurait jamais pensé à les déranger.

Bizarrement, c'était toujours des livres de philosophie que ces faux clients feuilletaient ou faisaient semblant de chercher, comme s'ils avaient souffert du même froid qu'elle.

— Excusez-moi ?…

— Oui ?

— Avez-vous les *Nouvelles méditations métaphysiques* ?

— Je vais voir… Ça caille dehors, hein ?…

Le climat de la librairie était complètement trafiqué mais la lumière ne l'était pas.

La librairie du libraire était si bien exposée que les rayons du soleil suffisaient à éclairer ses allées pendant presque toute la journée.

Au lever du jour et à la tombée du soir, le libraire allumait simplement une lampe à pétrole qu'il accrochait au-dessus de son bureau.

Lorsqu'un client nocturne se présentait, le libraire l'accompagnait parmi les étagères en tenant la lampe à pétrole à bout de bras, tantôt à la hauteur de son visage, tantôt à la hauteur du visage du client.

Le libraire et le client marchaient ainsi, côte à côte, en murmurant au milieu des livres qui commençaient ou terminaient leur nuit.

Le libraire détestait la vulgarité mais n'avait rien contre la grossièreté, bien qu'il ne la pratiquât pas lui-même.

Aussi n'envoyait-il pas promener les clients grossiers.

L'un d'eux s'approcha du bureau et demanda grossièrement au libraire les trois livres à emporter sur une île déserte.

Le libraire le regarda étonné et lui répondit qu'il n'était pas sûr de savoir quels étaient ces trois livres.

Le client s'énerva, lui dit que tout le monde lui parlait pourtant de ces trois « putains de livres » qu'il fallait emporter sur une île déserte, et lui fit comprendre que s'il ne savait pas ça, il n'avait pas grand-chose à faire (« à foutre », furent ses mots) dans une librairie.

— C'est un choix très personnel… dit le libraire.

— Personnel, mon cul, dit le client.

Le libraire lui sourit pour l'encourager.

— Qu'est-ce que je vais branler dans cette île pourrie si j'ai pas ces trois livres de merde ?

— Ah… dit le libraire, je crains que vous ne les trouviez pas ici.

— Quelle chierie, conclut le client avant de tourner les talons et de partir sans dire au revoir.

Le libraire le laissa partir sans faire plus attention à cet incident mais tandis qu'il se préparait une tisane aux orties, il se mit lui-même à s'interroger.

Quels étaient les trois livres à emporter sur une île déserte ?

Quels étaient, du moins, les trois livres qu'il emporterait, lui, libraire, sur une île déserte ?

Le libraire angoissa.

Il tourna en rond dans son escalier en colimaçon jusqu'à se retrouver en bas et commença à passer ses livres en revue.

« Trois livres », se dit le libraire.

Il parcourut ses rayons, s'arrêta à la première étagère, sortit un livre, continua, en sortit un autre, commença à froncer les sourcils, continua, en sortit un troisième, se dit que c'était un premier tri et qu'il retrierait ensuite, continua, sortit d'autres livres…

Au bout d'une demi-heure, le libraire se retrouva face à tous les livres qu'il avait empilés dans le but de n'en garder que trois et soupira.

Il n'avait même pas fini sa première sélection que le nombre de livres sortis des étagères allait bientôt rattraper le nombre de ceux qui y restaient.

Il prit son courage à deux mains et fit une nouvelle tentative.

« Trois livres, maugréa le libraire, trois livres… Pourquoi pas deux ? ou quatre ? ou zéro… ou mille ?… Seulement trois livres… »

Trois, voilà. Et personne ne savait pourquoi.

Le libraire se prit à maudire la première personne qui avait eu cette idée. La première qui avait posé cette question. Et à qui ? Et pourquoi ? Parce qu'elles devaient bien venir de quelque part toutes ces phrases, toutes ces idées. Elles étaient forcément parties d'un cas particulier. Si le libraire avait pu tenir à ce moment-là dans sa librairie l'inconscient qui avait mis le problème des trois livres au point, il lui aurait expliqué sa manière de voir les choses. Et puis surtout il lui aurait demandé la réponse. Il se serait mis à genoux devant l'homme ou la femme, et il l'aurait supplié(e) qu'il ou elle lui donne les titres des trois livres.

Puis le libraire en voulut au grossier client qui lui avait mis cette idée dans la tête. Ne pouvait-il pas les choisir tout seul ses trois livres ? Après tout, c'était quelque chose de très personnel.

Le libraire soupçonna alors le grossier client de s'être trouvé dans le même embarras que lui et de s'en être remis à lui pour cette raison. Le libraire était libraire après tout, et il était normal de s'adresser à lui pour un choix de livres.

Mais quel choix...

« Trois livres », se répéta le libraire.

Pas deux, pas quatre, pas zéro, pas mille.

Le libraire continua de penser aux trois livres, aux trois « putains de livres ».

Et il y pensa si intensément qu'il se crut lui-même sur le point de partir pour une île déserte.

Mais le choix n'en devint que plus terrifiant.

Comme s'il avait sa propre vie entre ses mains.

Le libraire cria.

Un client sursauta et cria lui aussi.

— Pardon, dit le libraire.

Le client le regarda étonné et préféra s'en aller.

Le libraire se calma.

Il se rappela qu'il ne partait pas pour une île déserte, qu'il n'avait pas à choisir trois livres et qu'il ne pouvait pas faire siens tous les problèmes des autres.

« Et puis, se dit le libraire en pensant une dernière fois au grossier client, il trouverait bien une librairie sur l'île. »

Le libraire s'assit finalement sur une des piles de livres et en prit un au hasard sur une autre pile.

Il commença à lire, commença à sourire, et les trois livres, telles trois ombres dans l'esprit du libraire, disparurent.

Il les oublia complètement et continua sa lecture.

Le zoo n'avait pas été la seule idée de classement du libraire, et il avait essayé, au fur et à mesure que sa librairie avait grandi, des classements de livres tous plus originaux les uns que les autres.

Après quoi, le libraire s'était rendu compte que l'originalité n'attirait pas forcément ses clients préférés et, pire, qu'elle attirait souvent les couples.

Le libraire avait donc fait une croix sur l'originalité et était revenu à un classement plus traditionnel, c'est-à-dire alphabétique, sur lequel les couples, Dieu seul savait pourquoi, ne s'extasiaient pas.

Pour ce qui était des livres exposés dans sa vitrine, le libraire ne suivait aucune actualité et se bandait les yeux avant de parcourir ses étagères pour les choisir. Mais comme il connaissait sa librairie par cœur, le libraire devait d'abord tourner plusieurs fois sur lui-même pour perdre ses repères. Puis il avançait à tâtons dans les rayons et choisissait les livres du jour, de la semaine, du mois, de l'année, selon le temps qu'ils mettraient à partir, car le libraire ne les remplaçait que lorsqu'ils n'étaient plus là. C'est-à-dire qu'il se contentait de combler les trous.

Si un client lui demandait pourquoi un livre de tel ou tel auteur était mis en valeur, le libraire lui répondait n'importe quoi, en espérant qu'il n'avait pas affaire à un spécialiste.

— C'est le bicentenaire de l'année de sa naissance.
— Impossible. C'est dans vingt-trois ans.
— Vous êtes sûr ?...
— Tout à fait sûr.
— Vous êtes un spécialiste ?
— Oui.
— Ah...
— Quelles sont vos sources ?
— Pardon ?
— Quelles sont vos sources ?

— J'ai pu me tromper.

— QUELLES SONT VOS SOURCES ?

— Chaque midi, ma mère prépare le repas tandis que je fais mes devoirs.

Le libraire ne pratiquait pas la grossièreté mais il avait trouvé d'autres armes qui s'étaient révélées tout aussi efficaces.

Ces armes étaient des phrases et ces phrases, le libraire les avait prises dans des méthodes de langues étrangères. Quelles étaient ces langues et comment se disaient ces phrases en ces langues, le libraire n'en avait aucun souvenir parce que c'était justement uniquement pour leurs phrases d'exemple qu'il lisait les méthodes de langues étrangères.

Ces phrases, sans qu'il sache pourquoi, touchaient un point sensible chez le libraire et résonnaient en lui comme peu d'autres. Chacune lui paraissait être une histoire à elle seule.

« Je reviens du marché où j'ai rencontré tes parents. »

« S'il faisait chaud, nous nous baignerions. »

« Vous n'êtes pas d'accord à propos des chats. »

« Cette maison est moins jolie que l'autre. »

« Les oranges qu'ils ont mangées étaient très savoureuses. »

Et sa préférée parmi toutes : « Il y a beaucoup de choses intéressantes à apprendre sur les icebergs. »

Il y avait quelque chose dans cette phrase. Un pouvoir magique qui marchait à tous les coups. Le libraire avait d'abord pensé qu'il était le seul à y être sensible, qu'elle réveillait peut-être en lui un rapport particulier qu'il entretenait avec les icebergs, mais il l'avait essayée dans plusieurs situations et il avait découvert que les clients aussi y réagissaient, même si leurs réactions étaient chaque fois différentes, ainsi qu'étaient différents les clients. Un homme avait voulu le gifler, une femme l'avait embrassé dans la seconde où il avait fini de la dire.

Mais le libraire n'abusait pas de sa phrase sur les icebergs car il savait que toute magie s'usait. Il en utilisait d'autres et gardait sa préférée pour les occasions exceptionnelles ou lorsqu'il n'avait plus d'autre recours.

— Chaque midi, ma mère prépare le repas tandis que je fais mes devoirs.

— Quoi ? répondit le spécialiste. Je vous demande quelles sont vos sources !

Le libraire hésita.

Puis frappa :

— Il y a beaucoup de choses intéressantes à apprendre sur les icebergs.

— ?...

Poudoupoudoupoudou.

Le libraire essayait parfois d'imaginer la personne qui avait réussi à écrire la phrase sur les icebergs, qui s'était dit dans sa tête « Il y a beaucoup de choses intéressantes à apprendre sur les icebergs », et qui ensuite l'avait écrit, et qui s'en était servi d'exemple dans une méthode de langues, parmi d'autres phrases elles aussi magnifiques, mais qui n'avaient sans doute pas le pouvoir de celle-là, bien que le libraire ne les eût pas toutes essayées.

Le libraire n'avait rien contre les icebergs et ne doutait pas qu'il y avait beaucoup de choses intéressantes à apprendre sur eux, comme sur tous les phénomènes naturels, mais penser cette phrase ! Mais l'écrire !... Et la dire !... Quelle merveille !

Lorsque, au milieu de la journée, il n'avait plus la force de lire, le libraire, les yeux grands ouverts, rêvait.

Et lorsqu'il rêvait, il rêvait qu'il lisait.

Un livre où il ne se passait rien.

Absolument rien.

Le libraire avait longtemps cherché ce livre en dehors de son rêve.

Longtemps, il avait espéré le trouver.

Puis il avait abandonné.

Certains livres s'en étaient approchés mais au dernier moment, ou au premier, à un moment en tout cas, il y avait toujours quand même quelque chose qui se passait. Quelqu'un s'asseyait. Ou allumait une cigarette. Ou disait quelque chose. Ou avait une pensée.

Ou bien quelqu'un naissait.

Ou bien quelqu'un mourait.

Aucun livre où il ne se passait vraiment rien.

Aucun.

Le libraire s'était donc mis à rêver à ce livre et lorsqu'il y rêvait, il se voyait simplement avec les trois femmes de sa vie dans le livre de son rêve, où rien, absolument rien ne se passait.

Et le libraire, en rêvant, souriait.

Un ancien ami du libraire entra dans la librairie et sortit le libraire de sa rêverie.

— Bonjour monsieur, dit-il, j'avais un ami qui était libraire ici.

Le libraire pensa qu'il plaisantait et lui sourit.

— Et qu'est-ce que tu lui veux, à ton ami ?

— Je ne crois pas vous avoir tutoyé.

Le libraire se figea.

Il regarda son ancien ami dans les yeux et vit que celui-ci était très sérieux.

Le libraire se rappela alors qu'il n'était plus qu'un sujet de conversation et il éprouva une sourde et profonde tristesse.

L'ancien ami attendait une réponse.

— Excusez-moi… dit le libraire. Oui, votre ami ne travaille plus ici.

— Ah… tant pis. Au revoir monsieur.

Le libraire ne put s'empêcher de le suivre, de vouloir le retenir un peu.

— Vous aviez quelque chose à lui dire ? demanda-t-il avec un léger espoir. Peut-être qu'il repassera… Je peux lui transmettre un message ?

— Non, non… Je lui avais prêté un aspirateur il y a longtemps et je voulais le récupérer.

Le libraire s'immobilisa.

— Ce n'est rien, ajouta l'ancien ami du libraire, je vais en acheter un autre. Au revoir monsieur.

Poudou, poudou, poudou.

Le libraire resta seul debout au milieu de sa librairie.

Les livres se serrèrent comme s'ils voulaient l'entourer.

Le libraire sentit leur présence, s'accroupit et s'appuya au sol d'une main.

Il resta ainsi, les yeux dans le vide, pendant un long moment.

Puis le libraire monta à l'étage, prit un aspirateur dans le placard de sa cuisine, redescendit, ouvrit la porte de sa librairie, vérifia que personne n'était en face, prit son élan et balança l'aspirateur dans la rue.

Le libraire referma sa porte juste à temps pour ne pas entendre le fracas de l'aspirateur qui explosa dans un nuage de poussière.

Il garda son front appuyé contre la porte, regarda un moment la poussière, et y vit son amitié, emportée peu à peu par le vent.

Puis le libraire retourna lentement à son bureau, attrapa son chapeau sur son portemanteau, le mit sur sa tête, le baissa devant ses yeux et s'enfonça dans son fauteuil.

— Il y a un aspirateur en morceaux devant votre librairie, lui dit peu après un témoin de Jéhovah en s'époussetant face à son bureau.

— C'est le ciel qui me l'a envoyé, lui répondit le libraire sans relever son chapeau.

Le témoin leva des yeux inquiets au plafond de la librairie, puis il sourit.

— Seigneur, épargne-nous ta colère... dit-il.

Le libraire se mit à rire, le témoin aussi.
Dans la joie.
De la beauté.
De la vie.

Poudoupoudoupoudou, Dieu les rejoignit.

— Bonjour.

— Bonjour...

— Je suis un voyageur.

— Bon, bon.

— Je cherche un guide de voyage.

— Ah... oui, laissez-moi vous montrer.

Le libraire se leva et précéda le voyageur jusqu'à une étagère sur laquelle se trouvait un seul livre.

— Voilà l'étagère, dit-il comme pour noyer le poisson.

Le client regarda l'étagère, puis le libraire.

— Mais vous n'en avez qu'un...

— Oui, répondit le libraire en regardant à son tour l'étagère.

Le client prit le livre.

— Et sur le Brésil, en plus !

— Ce n'est pas là où vous vouliez aller ?...
demanda le libraire.

— Pas du tout !...

— J'ai un grand nombre de méthodes de
langues.

— Je ne veux pas de méthodes de langues ! Je veux un guide. Où sont les autres ?

— C'est le seul que j'ai.

— C'est le seul qui vous reste ?

— Non, répondit le libraire. C'est le seul
que j'ai.

— Mais vous êtes malade ?

— Non...

Le libraire embarrassé se passa la main sur
la tête.

Le client le foudroya du regard, jeta le livre
sur le Brésil par terre et s'en alla.

Poudoupoudoupoudou.

Le libraire ramassa le livre, l'appuya un
moment sur son cœur, et le reposa sur son étagère vide.

Puis il regarda le livre seul sur son rayon et
réfléchit. Il se rappela une de ses jolies photo-
graphies, pensa à une de ses jolies sœurs,
ouvrit le livre du premier coup à la page de la
photographie, et l'arracha.

— Tu seras moins seul, dit le libraire au livre, en l'emportant au premier étage de sa librairie.

Un peu plus tard, le voyageur revint.

— J'ai changé d'avis, je vais vous prendre ce guide sur le Brésil.

— Je ne peux plus le vendre, dit le libraire.

— Je vous dis que je le veux, répondit le voyageur dont la voix se troubla.

— C'est impossible.

— Pourquoi ?

— Il lui manque une page.

— C'est pas grave.

— Si, répondit le libraire. C'est grave.

Quelque chose se détraqua dans l'esprit du voyageur. Il se dirigea vers l'étagère vide et paniqua.

— Où est-il ?

— Parti.

— Combien pour l'étagère ?...

Le libraire se leva, s'approcha du voyageur et lui posa la main sur le dos.

Le voyageur se réfugia dans l'épaule du libraire et se mit à sangloter.

— Je veux un guide de voyage, dit-il, j'ai besoin d'un guide de voyage.

— Ça va aller, dit le libraire. Ça va aller…

Le libraire consola un moment le voyageur puis le raccompagna vers la porte.

— Excusez-moi, dit le voyageur en se reprenant.

— Je vous en prie, dit le libraire. Revenez quand vous voudrez.

— Merci, répondit le voyageur. Au revoir.

— Au revoir, dit le libraire.

La troisième heure de l'après-midi dans la librairie du libraire était celle qu'il détestait le plus. Même en dehors de sa librairie, à vrai dire, et aussi loin qu'il se la rappelait dans son enfance, c'était toujours l'heure qu'il avait le plus détestée. Au regard de quoi il ne pouvait accuser ni son âge ni son métier. Il détestait simplement cette heure.

Nombreux devaient être les clients qui partageaient son dégoût car il était extrêmement rare d'en voir apparaître un à cette heure-là.

Pas de poudoupoudoupoudou.
Personne n'entra.
Le libraire n'attendit rien.
Il n'y eut même pas un courant d'air.

Ce qui angoissait le plus le libraire, c'était qu'il n'avait aucune idée de pourquoi cette heure-là le mettait dans cet état.

Il avait d'abord cherché des raisons. Ses clients, ses anciens amis, ses frères et sœurs, son amour perdu, Dieu, sa librairie, ses livres eux-mêmes… Et s'il y avait bien dans chacun de ces sujets de quoi s'angoisser, le libraire sentait pourtant que cela n'avait rien à voir.

Jusqu'au jour où il avait compris que c'était l'heure elle-même, la troisième heure de l'après-midi, qui le démoralisait.

Le libraire avait tenté toutes sortes de choses pour lutter contre elle puis il avait capitulé. La seule solution était de la laisser passer. Plus ou moins lentement, selon les jours, plus ou moins difficilement, mais avec la certitude qu'elle passerait.

Et elle passait toujours.

— Où puis-je poser ma faux ? lui demanda une grande dame en noir.

Le libraire leva les yeux de son livre et la regarda.

— Accrochez-la au portemanteau, répondit-il.

La grande dame en noir n'était pas une grande lectrice mais elle était une habituée de la librairie du libraire, parce qu'il ne s'enfuyait pas en courant devant elle et parce qu'il restait toujours aimable avec elle.

Il se leva pour l'aider.

— Un beau chapeau, dit la grande dame en avisant le portemanteau.

— Une belle faux, répondit le libraire.

— Vous trouvez… soupira la grande dame.

Le libraire remarqua son désarroi.

— Désiriez-vous quelque chose ?

— Oui, répondit la grande dame. On m'a parlé de poésie…

— Ah, dit le libraire. Il y en a partout. Mais laissez-moi vous guider…

— Merci.

Le libraire accompagna la grande dame dans une allée.

Les livres tremblotèrent mais le libraire les rassura d'un regard. Il prit l'un d'eux sur une étagère et chercha une page.

Le libraire garda le livre à la main et le tourna vers la grande dame qui lui faisait face.

— Tenez… dit-il. Ceci, par exemple.

La grande dame lut la page.

— Oui... dit-elle.

Le libraire chercha une nouvelle page et la lui montra de la même manière.

— Oui...

Le libraire remarqua que la grande dame s'éclaircissait un peu, il trouva une autre page.

— Encore...

Le libraire chercha encore d'autres pages et les montra à la grande dame qui les lut de plus en plus vite.

— Oui... Oui...

La grande dame en noir devenait de moins en moins noire. Le libraire attrapa un autre livre et continua.

— Oui... Encore...

Le libraire sortit toute une pile de livres et les lui fit parcourir.

— Plus... dit la grande dame devenue grise.

Le libraire chercha de la poésie de plus en plus forte.

— Oui... comme ça...

Il suivit la vitesse de lecture grandissante de la grande dame.

— Encore... Encore...

La grande dame en noir devint toute pâle.

— Oui... Oui...

Le libraire ne la laissa pas s'arrêter de lire.

— Ah...

Il sortit des trésors de poésie.

— Oui...

Des joyaux de poésie.

— Oui...

Des diamants.

— Oui...

Et des rubis.

— Oui.

Le libraire reposa les livres épuisés sur leurs rayons et les tapota amicalement.

— Merci, dit la grande dame en blanc.

— Tout le plaisir est pour moi.

— Vous ne savez pas ce que vous dites, répondit la grande dame.

— Vous avez raison, dit le libraire.

Ils retournèrent vers le portemanteau.

— Un beau chapeau, dit encore la grande dame.

— Une belle faux, répondit encore le libraire.

La grande dame en blanc reprit sa faux et renoircit peu à peu en se dirigeant vers la porte.

Le libraire la regarda sortir de la librairie et monta se préparer une tisane à la réglisse.

Le nombre de librairies qui envahissaient la ville du libraire ne poussait pas les clients à la fidélité et si la librairie du libraire attirait quand même, après des années d'existence, un petit nombre d'habitués, un seul d'entre eux s'y rendait tous les jours, dans la mesure où les témoins de Jéhovah et le facteur ne se présentaient pas comme des clients.

Comme il ne connaissait pas le nom de son client quotidien – le libraire laissait les gens dire leur nom s'ils le souhaitaient et ne le leur demandait pas – il se référait mentalement à lui sous le nom de Jacques le Fataliste.

Car le premier livre qu'avait voulu lui acheter ce client, lors de leur première rencontre qui avait scellé leur violent rapport libraire-client, avait été le plus ancien livre de la librairie du libraire, et dont le titre était : *Jacques le Fataliste et son maître.*

Le libraire avait appris à laisser partir les livres quand ils le voulaient, ou quand quelqu'un d'autre les voulait, mais celui-ci était son premier et il s'y était tellement attaché qu'il l'avait refusé au client.

Ça n'était pas une édition rarissime, pas une relique, pas un introuvable. On pouvait le rencontrer partout ailleurs, dans n'importe laquelle des autres librairies de la ville, mais le client ne l'avait pas entendu ainsi.

S'en étaient suivies une discussion, une dispute et – certaines étagères en gardaient la marque – une bagarre.

Jusqu'à ce que le client, finalement, s'avoue vaincu.

Cependant, en ne cédant pas, le libraire avait gagné la fidélité éternelle du client qui cherchait depuis longtemps un bon libraire dans cette ville où ils étaient légion.

Et un libraire capable de tabasser un client pour ne pas lui vendre un livre était, aux yeux de ce client-là, une perle rare.

Le client était en effet vite revenu, et dans

l'esprit du libraire, Jacques le Fataliste
devenu.

Leur bagarre originelle s'était transformée
en une entente de plus en plus personnelle
grâce au soin qu'ils avaient mis à ne parler
entre eux que de livres.

Jacques le Fataliste avait acheté des montagnes de livres, et puis au fil des ans, des collines, et puis, plus tard, des plaines.

Après quoi Jacques le Fataliste avait cessé
de venir à la librairie.

Pendant toute une année, il n'était pas réapparu.

Comme le libraire savait que Jacques le
Fataliste ne serait jamais allé dans une autre
librairie que la sienne, et parce qu'il ne voulait
pas s'imaginer autre chose, il s'était simplement dit que Jacques le Fataliste avait arrêté
de lire.

Ce qui n'avait fait qu'augmenter la fascination que le libraire avait déjà pour lui.

Et puis un matin, Jacques le Fataliste
était revenu.

Le libraire ne lui avait pas posé de questions

mais il avait remarqué que celle qui troublait autrefois son visage s'en était allée, et qu'elle avait été remplacée par une cigarette.

Jacques le Fataliste rapportait aussi un livre, le premier que le libraire lui avait cédé.

Depuis cette réapparition, Jacques le Fataliste venait chaque jour fumer une cigarette dans la librairie du libraire et lui rapporter dans l'ordre les livres qu'il lui avait achetés, à raison d'un par jour. Si bien qu'il était devenu difficile de dire lequel, de Jacques le Fataliste ou du libraire, était le libraire de l'autre.

Jacques le Fataliste n'était venu qu'une seule fois dans la librairie à la troisième heure de l'après-midi et n'avait jamais recommencé. Il avait suffi au libraire de le regarder pour lui faire comprendre que ce n'était pas son heure.

Lorsqu'une jeune fille entrait dans la librairie et qu'elle souriait, portait le plus souvent une jupe, avait l'air charmante, le libraire reconnaissait tout de suite les signes avant-coureurs de la manie de la dernière page.

Il interrompait aussitôt sa lecture et l'accompagnait dans les allées.

La jeune fille commençait à s'intéresser aux livres, en sortait un, le regardait, le remettait, en prenait un autre, et très vite cela arrivait : la jeune fille, au lieu de commencer à lire le livre par sa première page, allait directement et presque maladivement à la dernière.

Selon les cas, c'est-à-dire selon les jeunes filles, selon leur charme, leur jupe et leur sourire, le libraire toussait, disait « Hum hum », ou sautait tout d'un coup à pieds joints.

En général, la jeune fille se reprenait, lui adressait un nouveau sourire, un peu coupable celui-ci, rangeait le livre ou le reprenait à son début.

Au cours de son existence, le libraire avait sauvé un bon nombre de jeunes filles de la manie de la dernière page, en allant parfois jusqu'à s'approcher d'elles et leur taper sur la main.

Certaines d'entre elles ne revenaient pas dans sa librairie, d'autres, celles qui avaient apparemment guéri, lui en étaient si reconnaissantes qu'elles lui rendaient visite pour un oui pour un non.

— Poudoupoudoupoudou, dit l'une d'entre elles, exactement en même temps que la porte de la librairie.

— Bonjour Constance, dit le libraire en l'entendant.

— Salut...

— Que deviens-tu ?

Constance traîna des pieds, s'assit par terre face au bureau du libraire, et sourit.

— Ce que je suis, répondit-elle.

Le libraire la regarda avec admiration.

Une autre jeune fille qui n'arrivait pas à guérir continuait quand même de venir dans la librairie du libraire et y lisait des livres en entier sous sa surveillance.

Chaque fois qu'elle perdait le contrôle, que sa main dérapait et passait les pages à toute vitesse pour parvenir à la dernière, le libraire la rappelait à l'ordre.

Mais le désir de la jeune fille de lire la dernière page du livre restait si fort qu'elle lisait le livre en entier pour l'atteindre.

À la fin, la jeune fille remerciait le libraire, rangeait le livre ou l'emportait, en faisant chanter le poudoupoudoupoudou de la porte au passage de son sourire, de sa jupe, et de son charme.

Et le chant du poudoupoudoupoudou rendait le libraire très mélancolique car la manie de la dernière page était le seul point commun qu'avaient eu les trois femmes disparues de sa vie.

Un jeune homme à l'air fébrile s'approcha du bureau.

— Avez-vous les *Pensées d'un vieil homme en lendemain de cuite* ?

— Certainement, répondit le libraire.

Il regarda le visage du jeune homme et vit que la question s'y débattait, mais qu'elle approchait de l'agonie, prise à son propre piège, comme noyée par tout ce que le jeune homme s'était efforcé de boire à cause d'elle, et par toutes les larmes qu'elle lui avait fait verser aussi, sans doute.

Le libraire se leva, passa devant lui et juste au moment où il passait devant lui, sentit que son bras voulait se poser sur l'épaule du jeune homme.

Mais celui-ci paraissait encore à fleur de peau et le libraire retint son bras qu'il ne posa alors que mentalement.

Ce que le jeune homme, cependant, sembla sentir car il se détendit d'un coup, relâcha ses épaules qui jusque-là contractaient son cou, et suivit le libraire dans la librairie.

Le libraire prit les *Pensées d'un vieil homme en lendemain de cuite* sur le rayon le plus bas d'une étagère et les tendit au jeune homme.

Le jeune homme avança son bras vers le

livre, mais sa main trembla et le libraire, sans faire attention, lâcha le livre avant que le jeune homme ne l'ait attrapé.

Mais le livre ne tomba pas.

Le libraire et le jeune homme restèrent un moment face à face devant l'étagère, et regardèrent le livre entre eux, qui flottait dans l'air.

— Vous l'avez lu ?
— Oui, dit le libraire.
— Moi aussi, répondit le jeune homme.
Le libraire lui sourit. Le jeune homme prit confiance :
— Mais je l'ai offert à quelqu'un… à qui je n'aurais pas dû l'offrir.
— C'est difficile d'être sûr de ces choses-là, répondit le libraire.
— Oui, dit le jeune homme.
— Ne désespérez pas, dit encore le libraire. Certains livres sont à retardement…
Le jeune homme réfléchit.
— Certaines personnes aussi, répondit-il.
Le bras du libraire échappa alors à son contrôle et alla se poser sur l'épaule du jeune

homme. Celui-ci ne remarqua pas la différence.

Il sourit au libraire et attrapa le livre dans l'air.

— Je vais le lui offrir une deuxième fois.

Quand une page d'un livre lui rappelait son amour perdu, l'une ou l'autre des trois femmes de sa vie ou les trois en même temps, le libraire n'ayant aucune idée d'où envoyer la page ne l'arrachait pas.

Il l'apprenait par cœur et se disait qu'un jour peut-être il pourrait, dans le visible ou l'invisible, la leur dire, la leur transmettre, ou la leur faire comprendre.

Peu à peu, le libraire se transformait en un recueil de pages pour son amour perdu, pages plus belles les unes que les autres, et dont la beauté, à mesure qu'il la recueillait, embellissait sans qu'il le sache le libraire lui-même.

Il se mit à lire tout haut pour mémoriser une nouvelle page.

— Vous dites ? demanda une femme au ventre arrondi.

— Excusez-moi, dit le libraire, je ne vous avais pas entendue.

— Je vous en prie… répondit la femme qui portait la vie. Ça avait l'air délicieux.

Le libraire la dévisagea, lui retira véritablement son visage, et y vit un instant celui de son amour perdu.

Puis il rendit à la femme enceinte son visage dont elle se servit aussitôt pour sourire.

— Je vous dérange… suggéra-t-elle.

Le libraire la regarda sourire, essaya de lui répondre.

— Non, mais…

— Je comprends… dit la femme enceinte en observant le libraire. Ça m'arrive à moi aussi… Je reviendrai un peu plus tard, ou demain.

— D'accord, dit le libraire.

Il la regarda encore évoluer gracieusement en se dirigeant vers la porte de la librairie, puis il attendit qu'elle sorte. Le libraire sentit son regard s'embuer.

Il reprit son livre et se frotta les yeux pour parvenir à lire.

— Bonjour monsieur, je cherche *Anna Karénine*.

Le libraire se leva prestement.

— Suivez-moi, dit-il en levant le doigt en l'air.

— J'ai regardé vos étagères de littérature russe mais je ne l'ai pas trouvé. Peut-être ne l'avez-vous pas…

— Je l'ai, répondit le libraire.

Le client suivit le libraire.

— Voilà, dit ensuite le libraire en désignant une petite étagère.

Le client s'approcha et découvrit que l'étagère était tout entière remplie d'éditions différentes ou semblables d'*Anna Karénine*.

— Ah oui, dit-il, vous l'avez.

Le libraire sourit.

Le client se mit à lire les titres des livres rangés sur l'étagère.

— Anna Karénine… Anna Karénine… Anna Karénine… Anna Karénine… Anna Karénine… Anna Karénine… Anna Karénine… Anna Karénine…

Le libraire l'écouta.

— Anna Karénine… Anna Karénine…

Anna Karénine... Anna Karénine... Anna Karénine...

Il se laissa bercer un moment par la voix du client.

— Anna Karénine... Anna Karénine... Anna Karénine... Anna Karénine... Ah, je vais prendre celui-ci, dit finalement le client en choisissant un exemplaire d'*Anna Karénine* parmi les autres.

Le libraire prit le livre que le client lui tendait et le regarda.

— Anna Karénine, dit-il.

Le libraire ne savait comment s'expliquer l'affluence de témoins de Jéhovah dans sa librairie autrement que par la présence du bar-tabac qui lui faisait face. La joie de la beauté de la vie, pensait-il, ne venait sans doute pas toujours toute seule.

Mais le libraire n'avait rien contre les témoins, et puis il se disait que Dieu était peut-être content de les voir.

De son côté, le libraire envoyait régulièrement des clients au bar-tabac d'en face.

— Bonjour, je cherche le rayon développement personnel.

— C'est de l'autre côté de la rue, juste en face…

— Merci !

— Je vous en prie.

— Bonjour, je ne trouve pas les livres de psychologie…

— En face, vous traversez la rue et vous y êtes.

— Merci.

— Bonjour, avez-vous quelque chose sur les chars de combat ?

— Peut-être en face…

— Bonsoir, je cherche le droit commercial.

— C'est en face… mais ils sont fermés à cette heure.

— Bonjour, je cherche un bar-tabac.

— Il y en a un en face.

— Merci.

— Bonjour, je me cherche moi-même.

Le libraire réfléchit puis donna un livre au client.

— Essayez aussi en face, ajouta-t-il.

— Bonjour, vous n'avez rien en santé bien-être ?

— Juste en face.

— La psychologie ?...

— En face...

— Bonj...

— En face.

— Bonjour, je suis un bon vivant.

— Ah oui ?...

— Je cherche un livre de recettes de homard.

— Je ne crois pas que cela existe.

— Pardon ?

— Je n'en ai jamais vu.

— Vous vous foutez de moi ? J'en ai écrit un moi-même.

— Ah... et vous n'en êtes pas satisfait ?

— Bien au contraire.

— Mais vous en voulez un autre ?...

— Non.

— Je ne comprends pas.

— Je cherche MON livre de recettes de homard.

— Essayez peut-être en face...

— TROUVEZ-MOI MON LIVRE !

Le libraire se leva d'un coup et posa ses poings sur son bureau.

Puis il fixa le client et lui dit :

— Il y a beaucoup de choses intéressantes à apprendre sur les icebergs.

Le client se déstabilisa complètement, regarda furieux le libraire, et s'en alla.

Le libraire monta dans sa cuisine et tenta de se rappeler quelle était la plus mauvaise tisane qu'il avait pour se la préparer.

Un peu plus tard, alors que le libraire dégustait malgré lui une délicieuse tisane, un dalaï-lama entra et traversa les étagères de livres jusqu'au bureau du libraire.

Le libraire s'inclina.

— Avez-vous le Grand Livre de la vie ? lui demanda le dalaï-lama.

— Je crains qu'il ne soit épuisé, répondit le libraire.

— C'est bien ce que je pensais, dit le lama en s'asseyant en position du lotus sur le bureau du libraire. L'avez-vous jamais eu ? demanda-t-il encore.

— Oui.

— L'avez-vous lu ?

— Oui.

— Alors ?

131

— Décevant, dit le libraire.

— Vraiment ?

— Disons, très prévisible.

— Ah...

Le dalaï-lama ne dit plus rien et médita.

Le libraire reprit sa lecture.

Puis il eut une idée et releva la tête.

Le dalaï-lama le regardait sans le voir.

Le libraire allait parler lorsque le lama dit :

— Non merci, vous êtes gentil, mais je ne saurais quoi en faire.

Le libraire renonça à sa proposition.

Ils échangèrent encore quelques paroles sans les dire et le libraire de nouveau se plongea dans son livre.

Le dalaï-lama continua de méditer, parcourut sans bouger quelques livres des étagères de la librairie, monta mentalement à l'étage, aperçut les livres entassés par terre, les feuilleta, et lorsque des pages manquaient, se rendit pour les lire chez chacun des frères et sœurs du libraire.

Chez l'une des sœurs du libraire, le lama ne trouva ni la page ni la sœur. Il s'aventura aux alentours de la maison, entra dans une forêt, traversa les arbres, et découvrit finalement la sœur du libraire au pied de l'un d'eux, précisément en train de lire la page qu'il cherchait et qu'elle venait de recevoir. Le dalaï-lama s'approcha de la sœur du libraire et lut en même temps qu'elle, par-dessus son épaule, la page en question.

Lorsqu'il eut terminé, le lama bénit la sœur du libraire avant de revenir dans la librairie, sur le bureau du libraire, et enfin en lui, sans s'être jamais quitté.

— Tout le monde va bien, dit-il au libraire.
— Merci.
— Nous nous reverrons.
— D'accord.

Le dalaï-lama fit le tour de la librairie en murmurant avant de s'en aller.

Le libraire sentit une grande paix envahir la librairie.

Tous les livres semblèrent respirer.

Si bien que le libraire s'arrêta de lire et se contenta pour une fois de respirer.

Simplement de respirer.

Ce que, lui sembla-t-il, il n'avait pas fait depuis longtemps.

POUDOUPOUDOUPOUDOU.

Le libraire lâcha son livre et son regard se figea. Il eut un mouvement vers son escalier, puis il soupira et resta assis.

Il les entendit avant de les voir, sans distinguer les paroles qu'ils s'adressaient, s'entr'adressaient, et s'auto-adressaient.

« coupli coupli coupla, coupli coupli couplo... »

Le libraire sentit la méchanceté monter en lui. Le couple s'approcha, leurs – ou plutôt ses – paroles aussi.

— Coupli coupli coupla ?
— Coupli coupli couplo...
— Couplalalala.

— Couplo, couploplo ?

— Coupla, couplipli...

— Oh... Coupli !

— VOUS CHERCHEZ QUELQUE CHOSE ?

Le couple sursauta et se retourna.

— Couplo ?...

Le libraire avait fait le tour de sa librairie en passant par les allées et prenait le couple à revers depuis la porte d'entrée.

— Coupli coupli...

— Couplapla couplapla...

— QUEL LIVRE ? gronda le libraire.

— Couplo... Coupla coupli...

Le couple essaya de s'approcher de la porte mais le libraire en bloquait totalement l'accès.

— UN LIVRE POUR LES COUPLES ?

— Coupliiii...

— Coupla ?...

— Coucoupli...

— QUOI ?

— Couplaplopli...

— J'AI UN TRÈS BON LIVRE SUR LES CHARS DE COMBAT !

(Le libraire mentait.)

— Couplo ?...

— Ah... coupla...

— Couplopla...

— MAIS JE NE LE VENDS PAS !
— Couplo.
— Coupla…
— Coupli coupli…
— JE VOUS OUVRE LA PORTE ?…
— Coucoupli…
— Oh… couplopla…
Le libraire ouvrit la porte de sa librairie…
— ADIEU !
— Coupla…
— Couplo couplo…
Et la referma.

Mais en retournant vers son bureau, le libraire continua d'entendre le couple dans sa tête, trois jours plus tard, qui racontait leur visite à la librairie à l'occasion d'un dîner avec d'autres couples : « Coucoupliiiiii… Couploploplo… des chars coupli coupli… Couplapla… de combat !… COUPLI ?… COUCOUPLO ! »

Une fois par jour, le libraire était pris d'une tristesse immense.

Cela n'avait rien à voir avec la troisième heure de l'après-midi qui n'était pas même triste et restait quoi qu'il arrive la troisième heure de l'après-midi.

La tristesse immense arrivait à n'importe quelle heure, entrait dans la librairie, inondait tout, les étagères, les livres, gagnait le bureau du libraire et fatalement, assis derrière, le libraire.

Elle atteignit d'abord ses pieds.

Le libraire n'y fit pas attention et les secoua un peu.

Mais la tristesse monta et gagna ses genoux.

Le libraire sut alors qu'elle était là et la sentant s'emparer de lui, il se réfugia dans la salle du haut.

Le libraire cessa de répondre aux poudou-poudoupoudoux qu'il entendait. Les clients pouvaient bien se servir eux-mêmes.

Car la tristesse montait, remplissant à une vitesse croissante toute la librairie, gravissant l'escalier en colimaçon, entrant dans la salle aux livres dépareillés, les emportant sur son passage, cherchant le libraire, ne le trouvant pas, et s'infiltrant sous la porte de la cuisine que le libraire venait de fermer derrière lui.

Le libraire sauta sur un tabouret puis sur la table de la cuisine. Mais il savait bien qu'elle finirait par gagner.

Debout, les jambes tremblantes, sur la table de sa cuisine, le libraire attendit alors la tristesse immense qui montait inexorablement jusqu'à lui.

À nouveau, il sentit ses pieds devenir tristes puis cela alla très vite, ses genoux, sa taille, ses épaules furent engloutis, la tristesse, comme si elle y prenait plaisir, ralentit, lui sembla-t-il, gravit lentement son cou, puis son visage… et le libraire, tout d'un coup, s'effondra.

Se mit à pleurer toutes les larmes qu'il

avait, comme chaque jour, quand la tristesse immense s'emparait de lui.

En bas, les livres entendaient sa peine, se la murmuraient, et se serraient pour le soutenir.

Dans la pièce d'à côté, les livres aux pages arrachées semblaient se rassembler contre la porte de la cuisine.

Seul dans sa cuisine, le libraire pleurait.

Au bout d'un long moment, la tristesse immense commença à diminuer, à baisser, à se retirer et finit par disparaître comme elle était apparue.

Le libraire se prépara une tisane à la rose, alla laver son visage, se regarda longtemps dans la glace, y vit successivement les visages de ses dix frères et sœurs et parvint à sourire.

Lorsqu'il redescendit dans sa librairie, le libraire remarqua d'un seul coup d'œil que quelques livres avaient été volés.

« Enfin des gens qui ne volent pas de la merde », se dit-il rapidement.

Puis il regagna son bureau, ouvrit un livre et oublia d'un coup son immense tristesse.

Dire que le libraire vivait parmi ses lectures, refusait d'affronter la réalité, s'échappait dans ses rêveries, aurait été très intelligent.

Et c'était fou le nombre de personnes très intelligentes qu'il y avait dans la ville où habitait le libraire, et ailleurs aussi sans doute.

Il y avait aussi cependant des personnes moins intelligentes, parfois même un peu idiotes, qui ne pensaient pas la même chose. Certaines d'entre elles allaient jusqu'à suggérer que c'était la réalité, elle, qui n'osait pas affronter le libraire.

Pouuuuudouuuupouuuudouuuupouuuu-douuuuuuu.

Un homme entra au ralenti dans la librairie.

Le libraire l'attendit longtemps derrière son bureau et l'homme finit par arriver.

— Boooonjouuuuur, dit l'homme au ralenti.

— Bonjour, répondit le libraire en vitesse normale.

— Jeeeeee cheeeeerche deeeees liiiiiivres deeee Maaaaaaarceeeeel Prooooouuuuuuuuust.

— Oui, dit le libraire. Lequel ?

— Tooooouuuuuuuuuusssssssss.

— Très bien.

Le libraire quitta son bureau et se dirigea

vers une allée de sa librairie. L'homme marcha derrière lui au ralenti. Le libraire avança le plus lentement possible pour permettre à l'homme de le suivre, puis il sortit plusieurs livres d'une étagère et les tendit à l'homme qui approcha ses mains à une lenteur infinie et saisit, ou plutôt reçut les livres en disant : « Mee-eeerrrrciiiiiiiiiiiii. »

— Je vous en prie, dit le libraire.

Il retourna à son bureau, toujours du plus lentement qu'il pouvait, en faisant attention cependant à ce que l'homme qui progressait derrière lui ne pense pas qu'il l'imitait ou se moquait de lui.

L'homme salua ensuite le libraire, prit un moment pour lui faire un grand sourire, et quitta, toujours au ralenti, la librairie.

Le libraire continua encore un peu de lui rendre son sourire avant de se remettre à lire.

Un parfum de fleurs qui n'était pas celui des pivoines mais qui semblait composé de plusieurs fleurs arrangées ensemble entra dans la librairie.

Le libraire sourit en respirant le parfum et en reconnaissant le bruit des bottes longues de la fleuriste.

Elle s'approcha du bureau du libraire, un magnifique bouquet à la main.

— Monsieur le libraire, dit-elle.

— Madame la fleuriste, répondit le libraire.

Ils se regardèrent un moment.

Le libraire avait un faible pour la fleuriste et il savait que la fleuriste avait un faible pour lui. Mais il savait aussi que la vie amoureuse de la fleuriste avait été à peu près aussi dévastée que la sienne et qu'à eux deux ils auraient pu, au mieux, ouvrir une brocante.

Alors le libraire se contentait de faire gentiment la cour à la fleuriste et de lui échanger des livres contre des fleurs.

— Il est magnifique, dit le libraire en prenant le bouquet qu'elle lui tendait.

— C'est vrai, répondit la fleuriste que la compagnie quotidienne des fleurs ne poussait pas à la fausse modestie. J'espère que vous allez me trouver un livre à sa hauteur.

Le libraire observa attentivement le bouquet, respira chacune de ses fleurs et dit :

— Oui... je crois que j'en ai un.

Puis il se leva et offrit son bras à la fleuriste qui l'accepta.

Ils marchèrent tous les deux entre les étagères en admirant les livres comme s'ils étaient des fleurs.

— Le voici, dit le libraire en attrapant un livre à la couverture toute bleue.

La fleuriste regarda le livre, l'ouvrit en son milieu, et le respira.

— Prometteur, dit-elle en souriant au libraire.

— Mais à ne pas laisser en d'autres mains que les vôtres, répondit le libraire.

— Ne craignez rien, dit la fleuriste. Seules mes mains caresseront cette jolie couverture bleue.

— Me voilà rassuré, dit le libraire en reprenant sa promenade dans sa librairie, la fleuriste à son bras.

Ils ne dirent plus rien. De temps en temps, la fleuriste pressait un peu de sa main le bras du libraire. De temps en temps, le libraire posait son autre main sur celle de la fleuriste.

Ils regagnèrent peu à peu la porte de la librairie, leurs mains et leurs bras se séparèrent, le libraire s'inclina, la fleuriste lui fit une légère révérence et sortit.

Après chaque visite de la fleuriste, le libraire se disait qu'à choisir, il aurait préféré être une libraire, c'est-à-dire une femme.

Pour ses livres d'abord, pour leur offrir cette chose que les femmes, la fleuriste en tout cas, avaient et qui leur donnait l'air de fleurs.

Pour ses clients ensuite, pour leur donner plus de tendresse qu'il ne le faisait, pour les prendre par la main, pour leur sourire en sentant le parfum.

Et pour les témoins de Jéhovah, enfin, pour leur faire l'amour un par un.

— Bonjour, je cherche *Madame Bovary*, dit un client à l'air intelligent.

— Madame Bovary, c'est moi, répondit le libraire.

Le client l'observa de son air intelligent.

— Comment allez-vous ? demanda-t-il.

— Oh… Je m'ennuie un peu ces derniers temps.

— Vous devriez sortir, vous aérer…

Le libraire regarda le client en souriant.

— Vous croyez ? dit-il.

— C'est évident, répondit le client. Faire du sport, visiter des musées, aller au restaurant…

Le sourire du libraire s'atténua.

— Boire un verre avec des amis…

Le libraire cessa de sourire. Mais le client continua, en fermant les yeux pour mieux trouver son inspiration.

— Chercher une thérapie qui vous convienne, essayer la vie en couple, voyager, et pourquoi pas, faire des enfants…

Le libraire mit ses mains sur ses oreilles et n'entendit plus la suite. Il se laissa glisser de son fauteuil et se recroquevilla sous son bureau.

Le client rouvrit les yeux pour vérifier

l'effet de son intelligence sur le libraire et
constata qu'il avait disparu.

— Monsieur ? demanda-t-il.

Le libraire serrait à présent ses genoux
entre ses bras sans répondre.

— Madame ?…

Le client intelligent prit peur et s'en alla.

Poudoupoudoupoudou.

Le libraire sortit de sa cachette et resta un
moment dans son fauteuil.

Puis il se leva, se dirigea vers son tourne-
disque et joua la musique de Wolfgang Amadeus Mozart à plein volume.

Il resta là, debout près du tourne-disque, et
se laissa simplement habiter par la musique.

Un témoin de Jéhovah entra au milieu du
disque et écouta la musique avec le libraire.

— Quelle joie… Quelle beauté… dit-il.

Le libraire ne répondit rien.

Contre toute attente, le témoin lui fit un bai-
ser sur la joue et repartit d'un coup.

Le libraire le vit traverser la rue et entrer
dans le bar-tabac d'en face.

Lorsqu'il entendit le poudoupoudoupoudou de sa porte d'entrée suivi des pas qu'il connaissait par cœur, des pas légers, presque de danseur, le libraire commença déjà à sourire.

Jacques le Fataliste arrivait.

— Alors libraire ! Comment ça va ?

— Mal... Terriblement mal.

— Ah ! c'est comme ça que je vous préfère...

Jacques le Fataliste parvint devant le bureau du libraire, lui tendit la main en souriant, et posa de son autre main un livre sur le bureau.

Le libraire serra la main que Jacques le Fataliste lui tendait tel un pont, une passerelle au-dessus du livre, en faisant tout son possible pour ne pas considérer Jacques le Fataliste comme un ami afin de ne jamais le perdre.

— Parlons un peu... reprit Jacques le Fataliste.

— Pitié, non, dit le libraire.

— Bon, bon, regardons-nous alors.

Jacques le Fataliste s'adossa à une étagère et regarda le libraire.

Le libraire lui rendit son regard.

Ils passèrent un bon moment.

Jacques le Fataliste était assez fin, assez beau, et il savait que mis à part les cheveux, les descriptions physiques ennuyaient le libraire.

Il savait surtout s'adosser à une étagère avec une grâce, une légèreté que le libraire n'avait jamais vue chez quelqu'un d'autre et qu'il n'était jamais parvenu à imiter sans se retrouver par terre dans ses livres.

Adossé à son étagère, Jacques le Fataliste sortit une cigarette de sa veste avec la même grâce, la même légèreté, la porta à sa bouche et l'alluma en continuant de regarder le libraire qui continuait de le regarder.

Jacques le Fataliste n'était pas le seul client autorisé à fumer dans la librairie.

Après plusieurs années d'expérience, le libraire avait eu un jour une révélation : sa librairie attirait plus de clients fumeurs que de clients non fumeurs.

Comme lui-même ne fumait pas, le libraire s'était posé quelques questions, et comme ces questions ne l'avaient mené nulle part, il avait simplement décidé d'accrocher dans la librairie un petit panneau portant le symbole non-fumeur au-dessous duquel était ajouté « sauf fumeurs », ce que les gens prenaient pour une blague.

Mais le panneau du libraire n'était pas une blague.

Le jour où un non-fumeur avait voulu s'allumer une cigarette dans la librairie, le libraire l'avait tout de suite mis dehors.

Jacques le Fataliste termina sa cigarette et sourit.

Le libraire le laissa partir sans un mot.

Dire que le libraire n'avait rien à dire, cependant, aurait été exagéré.

Disons qu'il ne disait souvent que ce qu'il

avait à dire et que si les gens l'avaient imité, ils n'auraient sans doute pas beaucoup plus parlé.

Il était arrivé que le libraire avait lu une page d'un livre, page qu'il avait aussitôt arrachée, et qui n'était autre qu'un des enseignements dispensés par le tsar Andrei au jeune prince Andrei, son petit-fils :

« Lorsque vous écrivez une lettre, Prince, ou un message, quoi que ce soit que vous adressez à quelqu'un, lorsque vous l'avez terminé, que vous en êtes satisfait, demandez-vous toujours si vous pourriez l'envoyer au même moment à quelqu'un d'autre. Si vous n'auriez qu'à changer le nom, l'adresse. Si oui, oubliez cette lettre. Ça n'en est pas une. Vous racontez votre vie, Prince, vous n'écrivez pas à quelqu'un. Recommencez ou abandonnez.

Lorsque vous serez bien familier de cette pratique, que plus jamais vous n'enverrez de lettres qui n'en sont pas, et cela prendra du temps, une décision s'ouvrira à vous. Pesez-la avant de la prendre car elle est de conséquence. Mais vous la soupçonnez déjà, n'est-ce pas. Déjà, vous commencez à vous dire : Et si j'agissais de même avec mes paroles ?

Imaginez, Prince. À chaque phrase que

154

vous allez dire, que vous formulez, si vous vous demandiez : Pourrais-je la dire en ce même moment à quelqu'un d'autre ? et si, au cas où effectivement vous le pourriez, vous ne la disiez pas. Et si vous vous taisiez…

Rares seraient sans doute vos paroles. »

Le libraire n'avait pas même fini la lecture de la page qu'il l'avait déjà arrachée pour l'envoyer à l'un de ses frères. La page qui se terminait ainsi :

« Mais il peut se passer autre chose, mon cher Prince. Il peut se passer qu'en changeant le nom, l'adresse, ou la personne, vous vous rendiez compte par hasard que c'était à quelqu'un d'autre que vous étiez sur le point d'écrire, ou de parler. Et qu'une fois ce nouveau nom, cette nouvelle adresse, cette nouvelle personne découverte, vous ne puissiez plus en changer.

Alors là, surtout, envoyez.

Alors là, surtout, parlez.

Car vous n'aurez jamais été si courageux. »

L'un des frères du libraire, lorsqu'il avait reçu cette page, en avait été bouleversé.

Femme et enfants ne l'avaient pas, pendant plusieurs semaines, reconnu, et puis, las qu'il ne redevienne pas l'homme qu'il avait été, avaient fini par accepter le nouvel homme qu'il était devenu, et qui, soit dit en passant, ressemblait étrangement à l'ancien.

Voire plus que l'ancien lui-même.

La librairie du libraire n'avait pas toujours été une librairie.

Elle était née, avait grandi et s'était élevée autour de lui au fur et à mesure qu'il s'était occupé d'elle. Les livres d'abord, puis le fauteuil, le bureau, les étagères, et enfin la porte et le poudoupoudoupoudou.

Le libraire avait fait de son mieux pour que sa librairie ressemble à une librairie et il y avait, en grande partie, réussi.

Poudoupoudoupoudou !

La porte de la librairie vola.

Une jeune femme habillée de toutes les couleurs, pleine de vie, rayonnante de beauté et de joie, approcha d'un pas vif le bureau du libraire, mit ses deux mains sur son ventre, fit un grand sourire, ses yeux brillèrent, sa bouche s'ouvrit, puis elle dit :

— Bonjour, je voudrais un croissant, trois petits pains au lait, et un... non... deux éclairs !

Le libraire la regarda bouche bée.

— C'est que...

La jeune femme continua de sourire. Un rayon de soleil traversa toute la librairie jusqu'à son visage. Le libraire n'eut pas le courage de la décevoir. Il essaya de réfléchir.

— Chocolat ou café ? demanda-t-il pour gagner du temps.

— Chocolat, répondit la jeune femme sans lui laisser une seconde.

Le libraire la regarda encore, incapable de réfléchir.

— Tout de suite, dit-il en se levant.

Puis il monta à l'étage de sa librairie, regarda tous ses pots de tisane, et posa une main sur sa tête à la recherche d'une solution.

Mais il n'en trouva pas.

Le libraire ne sut plus quoi faire.

Alors il abandonna, pour une fois, la suite des événements.

Il passa la main à la jeune femme et s'en remit à elle.

Se reposa sur elle.

En bas, la jeune femme se mit à faire des mouvements de danse pour tromper son attente et s'aperçut soudain qu'elle était dans une librairie.

Elle se mordit les lèvres et se dirigea vers la porte.

Mais au moment où sa main allait se poser sur la poignée, la jeune femme changea d'avis.

Ou plutôt la jeune femme changea le cours des choses.

Elle regarda, à travers la porte de la librairie, la vie telle qu'elle prétendait se dérouler, entendit le poudoupoudoupoudou, se vit marchant, s'en allant, ne se trompant plus jamais entre une boulangerie et une librairie, laissant le libraire seul derrière elle.

Oui, la jeune femme suivit un moment le cours de la vie de l'autre côté de la porte de la librairie, puis elle le prit et le tordit.

Elle tira sur la corde de la vie qui s'étrangla dans la rue et n'eut pas d'autre choix que d'arrêter son cours pour se plier à celui que la jeune femme entendait à présent lui faire prendre.

Elle tira de toute sa force sur la corde et la vie la rejoignit.

La jeune femme donna alors un petit mais ferme coup de pied dans le derrière de la vie, un coup de pied qui voulait dire « alors comme ça, c'est pas une boulangerie ? », se retourna et poussa la vie devant elle.

Le soleil suivit la jeune femme et la vie jusqu'à l'escalier en colimaçon au pied duquel la jeune femme sourit à nouveau.

« Allez, allez », dit-elle encore à la vie qui précéda contre sa volonté les pas décidés de la jeune femme dans l'escalier.

Arrivées en haut, la jeune femme et la vie regardèrent le libraire, puis la jeune femme passa devant la vie, lui fit signe de l'attendre là, et s'approcha du libraire.

Elle prit dans la sienne la main que le libraire avait gardée sur sa tête et la posa sur elle.

Le libraire la laissa faire.

Et pour un moment la librairie fut une boulangerie.

Pou, dou, pou, dou, poudou, cinq petits entrèrent dans la boulangerie, arrivèrent devant le bureau du libraire et regardèrent son fauteuil vide.

Ils s'enfoncèrent dans les rayons et se débrouillèrent tout seuls.

Le libraire avait pris l'habitude de mettre à la portée des enfants, c'est-à-dire dans les rayons les plus bas des étagères, tous les livres capables, à ses yeux, de leur plaire.

Ce qui faisait que nombre des livres de la librairie du libraire se trouvaient dans les rayons du bas, que plusieurs étagères n'étaient que partiellement remplies et que les clients de taille adulte qui y cherchaient des livres étaient souvent courbés, voire accroupis.

161

La librairie du libraire avait, comme la plupart des librairies, un escabeau pour chercher des livres sur les étagères, mais il servait plus à descendre qu'à monter.

Les cinq petits se réchauffèrent un moment en dévorant des livres.
Dieu les veilla.

Certains jours, le libraire s'asseyait avec des enfants dans l'une ou l'autre des allées de sa librairie pour écouter les choses qu'ils voyaient dans les livres.

— C'est pas un chevalier, il a pas d'armure.
— Mais si... c'est parce qu'il dort.
— Mais non... il est mort.
— Non, il dort.
— Peut-être qu'il est mort et qu'il dort.

D'autres jours, le libraire leur lisait des passages de livres et s'il le fallait, les adaptait un peu.

« La librairie est grande, faisait semblant de lire le libraire, et l'enfant est petit. Il doit se taire et méditer. »

Encore d'autres jours, le libraire offrait son fauteuil aux enfants et les laissait jouer au libraire et au client. Celui qui faisait le libraire mettait le chapeau du libraire. Les autres faisaient les clients.

— C'est un scandale !... J'ai acheté ce livre il y a deux jours et il est déjà fini !

— Ce n'est pas de ma faute si vous ne savez pas lire...

— Quoi ?... Espèce de sale libraire !

— Espèce de sale client !

— Je vous provoque en duel !

— Vous l'aurez voulu !

Chacun des enfants prenait alors un livre et lisait à voix haute le plus vite qu'il pouvait.

— Gagné !

— Ahhh... je meurs.

Si un témoin de Jéhovah passait par là, il avait le droit de faire l'observateur muet, c'est-à-dire qu'au premier mot soufflé aux enfants au sujet de la joie de la beauté de la vie, le libraire le mettait dehors.

Lorsque le libraire n'en pouvait plus des enfants, il les menaçait de leur lire des livres de philosophie.

La première fois, les enfants avaient tenu bon par défi. Mais pas un n'avait le courage de recommencer.

Poudoupoudoupoudoupoudoupoudoupoudoupoudoupoudoupoudoupoudoupoudoupoudou...

À la tombée de la nuit, la porte de la librairie restait grande ouverte et le libraire, assis sur le pas, lisait à voix haute et au clair de lune. Le bar-tabac était déjà fermé, la rue était calme. Seuls les jambes, les avant-bras, et le livre que lisait le libraire dépassaient de la librairie. De temps en temps, un chat venait s'y frotter ou grimpait sur l'épaule du libraire pour se glisser à l'intérieur.

Le libraire le laissait faire. Le chat se lassait vite de la compagnie des livres et de l'odeur des tisanes. Il sautait parfois sur la tête du libraire pour retrouver l'air libre.

Le libraire s'interrompit, leva les yeux au ciel, s'adressa à la lune, lui recommanda ses frères et sœurs, reprit sa lecture.

— C'est ouvert ? dit une voix.

Le libraire leva les yeux et ne vit personne.

— Oui, répondit-il.

— Merci, fit la voix. Et elle entra dans la librairie.

Le libraire se leva et essaya de la suivre.

— Vous n'avez pas plus de livres ? reprit la voix déjà au fond de la librairie.

— Non.

— Ah... c'est aussi bien.

Le libraire alluma la lampe à pétrole suspendue au-dessus de son bureau. Une douce lueur inonda la librairie.

— Puis-je vous aider ? demanda-t-il à tout hasard.

— Oh oui, dit la voix. Je cherche une méthode de langue étrangère.

— Ah, dit le libraire en décrochant sa lampe, j'en ai toute une étagère.

— Merveilleux, répondit la voix.

Et ce fut elle alors qui suivit le libraire jusqu'à l'étagère.

— Voilà, dit le libraire.

— Merci... Cela vous dérange-t-il que je m'assoie là pour les consulter ?

— Bien au contraire, dit le libraire. Vous faut-il... une chaise ?... ou autre chose ?

— Non merci, dit la voix, vous êtes très aimable.

— Voulez-vous que je vous laisse la lampe ?...

— Oh non, vous êtes gentil, je n'en ai pas besoin.

— Je vous en prie... Alors bonne lecture.

— Merci.

Le libraire retourna s'asseoir sur le pas de sa librairie, regarda encore la lune et continua de lire en entendant de temps en temps la voix qui fredonnait toutes sortes de langues étrangères.

Après le départ de la voix, le libraire salua la lune et se retira dans sa librairie.

Un client atteignit son bureau alors que le libraire, songeur, savourait une tisane au laurier.

— Bonsoir monsieur, je cherche des magazines.

Le libraire recracha sa gorgée de tisane droit devant lui.

— Qu'est-ce que vous dites ?

— Je cherche des magazines.

Le libraire s'essuya la bouche avec la manche de sa veste.

— Des quoi ?

— Des MAGAZINES, répéta le client, comme si le libraire était sourd.

Le libraire observa le client qui n'avait pourtant pas l'air complètement intelligent, et se demanda quoi faire. Il se leva sans répondre, attrapa sa lampe, et le prit sous son bras. Le client se laissa emmener. Le libraire l'accompagna dans une allée d'étagères.

Sans cesser de marcher, doucement cependant, le libraire commença :

— Attention, regardez à votre droite…

Le client tourna la tête et vit défiler des livres.

— Des contes de fées, reprit le libraire, et maintenant un peu plus bas, un roman d'aventures, restez à droite, oui, là, le gros livre rouge, des pièces de théâtre antiques, hop, à gauche, en haut, ces trois livres jumeaux, des romans français du XIXe siècle…

Le client continuait de suivre les indications du libraire qui lui éclairait au fur et à mesure les livres avec sa lampe.

— Mais…

— Tout en haut, couchés sur le côté : de

la philosophie ! Là… (le libraire tendit son bras), le petit livre là ! une histoire d'amour du Moyen Âge, ici ! des contes espagnols… à droite, qui ont l'air de vous tendre les bras, encore des romans !... à gauche ! le livre tout abîmé : *Jacques le Fataliste et son maître*… et là ! une saga islandaise, l'histoire d'une famille sur trois cents ans !...

Le libraire entraîna encore le client.

— Oui, mais…

— Là ! dit le libraire en montrant un livre du doigt, un homme quitte toute sa famille et part à la recherche d'un arbre… ici, dit le libraire en désignant un autre livre, deux amoureux naissent sous une mauvaise étoile… là-bas, reprit le libraire, un cordonnier fait un pacte avec le diable… là ! un frère parle à sa sœur qui ne veut plus quitter le canapé du salon…

Le client suivait toujours des yeux les livres que le libraire éclairait en avançant.

— Celui-là, un père et un fils dînent ensemble pour la dernière fois de leur vie… à gauche, un homme assis à son bureau tente de reproduire le monde entier à partir de lui-même… juste à côté, des enfants font l'amour quand leurs parents ne sont pas là…

— Oui, mais…

— Ici ! des poèmes… oui… de la poésie !
En haut, toute la collection : des haïkus !
regardez, presque rien à lire, simplement se
laisser happer !…

— Oui mais je…

— Attendez, reprit le libraire, suivez-moi !

Il lâcha le bras du client et passa devant lui
tout excité.

Arrivé avant lui devant d'autres étagères,
il l'appela :

— Venez, venez !

Le client arriva.

— Un livre sur les ours, un autre sur les
astres, un autre sur les coquillages, un sur les
hirondelles, un sur les séquoias, un sur le tir à
l'arc, une histoire du Tibet…

— Oui mais je cherche…

— Des biographies ! cria le libraire. La vie
de gens qui ont existé… regardez ! un compo-
siteur, un écrivain, des peintres !…

— Oui, mais je cherche des ma…

— Non, venez !

Le libraire emmena le client encore un peu
plus loin.

— Un traité de mécanique, des recettes

de gâteaux, une méthode de langue russe, des dessins d'anatomie, un atlas des mers du monde...

— Mais...

— Je sais ! dit le libraire. Regardez... Des livres pour enfants, enfin pour tout âge... regardez ces merveilles, ces dessins, ces couleurs. Il n'y a même pas besoin de lire...

— Mais je cherche des magazines.

Le libraire se raidit d'un coup et lâcha sa lampe.

Ses yeux partirent très loin.

Le client prit peur et se recula.

Le libraire le regarda avec ses yeux qui n'étaient plus là.

Le client recula encore.

Et le libraire perdit les pédales.

— Avez-vous beaucoup dansé au bal ? dit-il. Je l'ai vue se promenant dans le jardin... Si l'architecte construit ce pont, il portera son nom...

Le client se dirigea vers la porte.

Le libraire parla de plus en plus fort en regardant dans tous les sens.

— Ce cahier que je ferme est sur ma table... Nous nous reverrons à Noël... Où astu mis les clés du cadenas ?... Je ne peux pas venir au cinéma avec toi... L'enfant vient de s'endormir... Il y a beaucoup de choses intéressantes à apprendre sur les icebergs... IL Y A BEAUCOUP DE CHOSES INTÉRESSANTES À APPRENDRE SUR LES ICEBERGS... IL Y A...

Mais le client s'était déjà enfui.

Le libraire tenta de se calmer, ramassa sa lampe et monta se passer de l'eau sur le visage.

Il se dit que le laurier ne lui valait rien, et chercha une tisane moins stimulante.

— Voyons, voyons, dit le libraire, lavande ou muguet ?...

— Muguet, entendit-il.

Le libraire se retourna mais personne n'était là.

Il lui arrivait d'entendre des voix quand la journée touchait à sa fin et qu'il avait laissé un bon nombre de clients le visiter. Comme si certains d'entre eux n'avaient pas eu le temps, la force ou la présence d'esprit de lui dire tout ce qu'ils avaient à lui dire.

Le libraire les laissait alors parler, les écoutait et le plus souvent, leur répondait.

— Votre librairie est très jolie, ajouta Madame la Baronne.

— Je vous remercie, répondit le libraire en attrapant son pot de muguet.

— À demain, dit Jacques le Fataliste.
— À demain, répondit le libraire.

— Allez vous faire foutre ! dit le grossier client.
— Très bien, répondit le libraire.

— Je vous aime, dit la fleuriste.
— Moi aussi, répondit le libraire.

— Coupli, coucoupla…
— Chut ! répondit le libraire.

Comme la librairie du libraire n'était pas éclairée de l'extérieur, ou comme les gens cherchaient moins de livres la nuit, les clients se faisaient de plus en plus rares avec l'obscurité.

Pour les livres et pour le libraire, seule la lumière changeait, était ou n'était pas.

Les rares personnes qui pénétraient dans la librairie après la fin du jour étaient souvent des personnes qui marchaient dans la nuit, et lorsqu'un poudoupoudoupoudou résonnait, suivi d'aucun bruit de pas mais d'une odeur que les esprits n'avaient pas, le libraire savait que la femme nue était là.

Il referma son livre et se leva de derrière son bureau.

La femme nue se tenait toujours au même endroit, à mi-distance entre la porte et le bureau, l'air perdu.

Le libraire s'approcha d'elle en essayant tant bien que mal d'éviter sa description physique.

La femme nue était brune et ses cheveux étaient longs, jusqu'au milieu du dos.

« Ça recommence », se dit le libraire.

Il secoua la tête mais la description physique de la femme nue continua.

Ils descendaient autour de son visage un peu comme ces coiffures romaines ou égyptiennes, le libraire ne savait plus, mais ils étaient plus longs que ces coiffures-là et continuaient de descendre jusqu'au milieu de son dos, et sur les côtés, à la hauteur de ses coudes.

— Non, dit le libraire.

Sa bouche était large et pleine.

— Ça suffit...

Ses yeux étaient bleus et pétillants.

— S'il vous plaît, dit encore le libraire.

Mais c'était trop tard, la description physique de la femme nue s'était échappée.

Ses joues étaient roses.

Ses seins étaient ronds et fermes.

Ses hanches dessinées.

Ses jambes longues.

Ses pieds discrets.

— C'est pas possible…

Son ventre n'était ni plat ni rond. Juste entre les deux.

Ses fesses étaient rondes et faisaient trois ou quatre fois ses seins.

Son sexe était brun et fin.

— Pas possible…

Et la femme nue regardait le libraire dans les yeux en lui souriant.

Alors le libraire prenait la femme nue dans ses bras et la serrait contre lui.

Aucun mot n'était dit.

Aucune pensée n'était pensée.

Aucun amour n'était fait.

Il n'y avait que le libraire et la femme nue debout au milieu de la librairie.

Tous les livres se tenaient cois.

Puis le libraire ouvrait ses bras et laissait la femme nue s'en aller.

Son odeur s'attardait encore un peu et à son tour disparaissait.

Après le départ de la femme nue, le libraire ne lisait pas.

Il s'absentait de lui-même et l'accompagnait.

Restait un moment auprès d'elle qui n'était plus là.

Puis il revenait.

Et de plus belle, lisait.

La nuit s'installa.

La librairie était sombre.
Le libraire aussi.
Il n'avait plus le cœur à lire.

Assis derrière son bureau, il tourna les pages de son livre intérieur.

Il avait rencontré la troisième femme de sa vie dans la librairie.
Il l'avait su dès qu'elle était entrée.
Elle était maladroite et elle avait renversé une étagère sur son passage.
Le libraire s'était levé pour l'aider et avait remis l'étagère en place.
La femme était restée accroupie au sol et lui

179

avait passé un à un les livres répandus à terre en disant à chaque fois leur titre.

Le libraire les avait rangés en écoutant les titres.

— Et voilà, avait-elle dit à la fin.

— Voulez-vous dîner avec moi ? avait demandé le libraire.

— Oui, avait répondu la femme.

Elle avait ensuite un peu réfléchi puis :

— Oui, avait-elle redit.

La deuxième femme de la vie du libraire l'avait aidé à ouvrir sa librairie.

Ils en avaient repeint les murs ensemble.

Monté les étagères.

La première des trois femmes avait connu le libraire avant qu'il devienne libraire. C'était elle qui avait éveillé le libraire en lui.

Les frères et sœurs du libraire étaient partis aux dix coins du monde, ses amis étaient ses anciens amis.

Seul au milieu d'un océan, d'une marée plus exactement, de livres, le libraire referma son propre livre pour s'adresser à Dieu.

Et Dieu se fit tout petit.

Pas encore assez petit cependant pour le libraire qui lui demanda, ou plutôt lui conseilla de sortir, de s'en aller.

Poudoupoudoupoudou.

Poudoupoudoupoudou.

Le libraire fronça les sourcils et attendit.

Un jeune homme s'avança dans la librairie et regarda attentivement les livres tout en se dirigeant sans le savoir vers le bureau du libraire.

— Bonsoir monsieur, dit-il lorsqu'il le vit.

— Vous cherchez des magazines ? demanda sombrement le libraire.

— Des quoi ?

— Des magazines...

— Non, dit le jeune homme.

— Ah bon.

— Je cherche plusieurs choses.

— Ah ?

— Oui... Une pièce de théâtre antique, une saga islandaise, une biographie de Wolfgang Amadeus Mozart, une méthode de japonais, et un livre sur les séquoias.

Le libraire sourit.

— Le ciel vous envoie, dit-il en se levant de son fauteuil.

— Non, répondit le jeune homme. C'est pour ma petite amie.

— Ah… répondit le libraire. Vous êtes en couple ?...

— Oui.

Le libraire regarda le jeune homme et sourit encore.

— Bon, bon, dit-il.

C'était le dernier client de la journée.

Le libraire le savait.

Ce n'était pas toujours ce jeune homme le dernier client de la journée mais le libraire savait toujours quel était le dernier client de la journée.

Parce que celui-ci portait quelque chose de particulièrement sympathique sur le visage, une expression, un air de dire « et voilà, c'est fini, bonne nuit » que le libraire avait appris à reconnaître.

Le libraire se demandait souvent si le dernier client de la journée savait lui aussi qu'il l'était. Et il lui semblait que oui parce qu'il s'attardait systématiquement, semblait ne pas vouloir le quitter, le laisser seul.

Alors c'était le libraire qui devait le rassurer, l'encourager, lui faire comprendre que ça irait, il avait tous ses livres, il avait ses rêves qui l'attendaient, il avait le lendemain qui arriverait.

Le dernier client de la journée était le seul auquel le libraire se permettait d'offrir une tasse de tisane. Le libraire savait – et Jacques le Fataliste le lui avait assez répété – que tout le monde en dehors de lui trouvait ça imbuvable. Mais le dernier client de la journée était si sympathique que le libraire était sûr qu'il ferait semblant d'aimer sa tisane, ou que mieux, tant de sympathie conduirait le dernier client à réellement, sincèrement l'aimer.

Alors il lui en offrait.

— Voulez-vous partager ma tisane ?

— Elle est à quoi ? demanda le jeune homme.

— À la sauge…

Une ombre fugace passa sur son visage, tenta de lutter contre sa sympathie, échoua.

— Avec plaisir, dit le jeune homme.

Le libraire monta dans sa cuisine et redescendit prudemment son escalier en colimaçon, une tasse dans chaque main.

— Et vous n'avez rien en psychanalyse ?... lui demanda le jeune homme.

— Euh... vous devriez essayer en face... mais ils sont fermés la nuit.

— Ah... non, ça ne fait rien.

Le jeune homme huma la tisane et la goûta.

— Exquis, dit-il.

Le libraire lui sourit et lui leva sa tasse.

— Une belle journée, n'est-ce pas, dit encore le jeune homme, comme pour la conclure.

Alors le libraire sut que lui aussi savait.

Le jeune homme termina sa tasse et serra la main du libraire. Il hésita encore un peu puis il se retira, et ce fut le dernier poudoupoudoupoudou de la journée.

Le libraire le laissa longtemps résonner.

Il prit ensuite sa lampe et fit le tour de sa librairie en longeant ses étagères pour veiller une dernière fois ses livres.

Puis il attrapa son chapeau, s'enfonça dans

son fauteuil, pencha sa tête en arrière, et posa son chapeau sur son visage.

« Au dodo », se dit le libraire.

Un témoin de Jéhovah poussa délicatement la porte de la librairie de manière à ne pas déclencher le poudoupoudoupoudou et entra sans bruit, en ramenant Dieu avec lui.

Il se promena dans les allées puis regarda le libraire dans son fauteuil, son chapeau sur les yeux.

Il le bénit rapidement et ressortit comme il était entré.

Ce fut alors que Dieu lui-même s'approcha du tourne-disque et joua la musique de Wolfgang Amadeus Mozart.

Le libraire sourit en l'entendant.

— Un peu plus fort, pria-t-il.

Le volume augmenta un peu.

Les livres se mirent à rêver les uns aux autres.

Le libraire rouvrit le sien et alla à la dernière page.

Épilogue

À des milliers de kilomètres de l'endroit où vous vous trouvez, dans un océan, une mer, un paquebot parmi tant d'autres, une sirène hurla.

« Si seulement on sombrait… »

« Pourvu qu'on coule… »

« Prends-moi… »

Les cheveux courts et teints en blond de la première femme se dressèrent sur sa tête.

Les cheveux plus longs, plus foncés, presque noirs, de la deuxième s'envolèrent de sous son foulard.

Les cheveux longs et bruns, d'un brun très

clair, plus longs que bruns, de la troisième femme flottèrent dans le vent.

La sirène hurla encore.

La première femme se mit à rire.
La deuxième s'alluma une cigarette.
La troisième retira son bandeau et le jeta en l'air.

La sirène continua de hurler.

Elles l'aperçurent au même moment.
Elles furent toutes les trois à le voir.
Elles le regardèrent et sourirent.

La sirène se tut.

Elles avaient encore beaucoup de choses intéressantes à apprendre.

Le Livre de Poche s'engage pour
l'environnement en réduisant
l'empreinte carbone de ses livres.
Celle de cet exemplaire est de :
350 g éq. CO$_2$
Rendez-vous sur
www.livredepoche-durable.fr

PAPIER À BASE DE
FIBRES CERTIFIÉES

Composition réalisée par PCA

Imprimé en France par CPI
en mai 2018
N° d'impression : 2036205
Dépôt légal 1re publication : septembre 2006
Édition 11 - mai 2018
LIBRAIRIE GÉNÉRALE FRANÇAISE
21, rue du Montparnasse - 75298 Paris Cedex 06

31/1371/9